靈感

王鼎鈞

目次

新序

我在讀小學的時候聽說寫作要有「靈感」。那時候不叫靈感，叫「煙士披里純」（Inspiration）。書本上說，這個煙士披里純有些神秘，「莫之為而為，莫之至而至」，誰也不知道它是怎麼來的，來得快走得也快，靈光一閃，稍縱即逝。書本上說，音樂家的靈感來了，他手邊沒有紙，就趕快寫在襯衣上。科學家的靈感來了，他正在洗澡，來不及穿衣服，赤身露體從澡盆裡跳出來。你看文學史上，多少作品產生的經過，作家發燒發瘋，廢寢忘餐，那是為什麼？因為時乎時乎不再來。

靈感不可強求，但是可以引誘它出現，吸煙就是很好的誘因。正好煙士披里純的第一個字是「煙」，有些學長就偷偷的抽煙，染上了一輩子戒不掉的煙癮。「靈感」的譯名確立以後，還有人把Inspiration譯成「天啟」，據說史學家湯恩比的靈感就是在教堂裡得到的。我希望得到靈感，我不吸煙引誘靈感，也不在禱告的時候乞求靈感，我讀那些作家的作品，窺探他們的靈感，我相信寫作能力是後天養成，近朱者赤，近墨者黑，遇強則強，遇弱則弱，感染熏習多於天授神與。今天回想，那時候就定下了我一生學習的態度。

既然是後知後覺，當然由領路的人決定進度。我的靈感之竅一直沒有開發。起初，左翼作家的寫實主義當令，他們不認為靈感有那麼重要，「靈感」一詞在他們筆下總有幾分揶揄。緊接著八年對日抗戰，文藝界強調計畫寫作，意志寫作，集體創作，配合抗戰的客觀需要，作品要像修路蓋屋一樣，一天有一天的進度，「靈感」來不及，不可靠。然後到了台灣，驚魂未定，又有反共文學的大包袱壓下來，創作方法沿承寫實餘緒，我也忘記了靈感。

時間一久，拉足了的弓弦慢慢放鬆了，我又恢復了對靈感的渴慕。那時，文學藝術的先行者從西洋引進一波又一波思潮，術語大量更新，靈感一詞棄置不用，新術語裡包裝著我家舊物，我在裡面找到靈感，久違了，我還認得。多年來，計畫、意志，如汗滴禾下土，靈感如天外飄來的雲霓。計畫、意志如枕戈待旦，靈感如破曉的曙光。計畫、意志，如森然成林，靈感如新芽出土。三十年代的左翼作家說靈感是「小我」的東西，屬於閒情逸致，好像真是那麼一回事，六十年代七十年代我慢慢有了「自我」，有了悠閒，我這才能夠「從別人的靈感中來，到自己的靈感中去」。

一九七八年，我把寫作靈感的速記短文彙成一本小書，書名就叫《靈感》，有人說這是台灣第一本手記文學。此書絕版已久。現在我把這本書裡的靈感整理一下，刪去一些舊的，增加一些新的，又特別寫了五篇有系統的論說，謂之「靈感五講」，增加的字數超過原書一倍，可以說是一本新書。在這裡，我想指出，靈感可以由「天啟」得到，也可以由實踐得到，天啟不可說，實踐有理路有方法。我的這個想法做法，由一九七八年開其端，到二〇一七年總其成，慢鍛閒敲，在此一書。我談文學不忘趣味，書裡面隨處布置小穿插，小零碎，摘出來都是街談巷議的調味品，此書也可以當閒書看。

書成，想起我一九七八年九月二十八日上午在台北登上飛機，飛行了十幾個小時，洛杉磯落地，仍是九月二十八日上午，這是國際換日線的奧秘。我覺得我的生命多出來一天，我從上帝那裡偷來一天的光陰。我想這可以是一部小說的開頭，小說裡的這個人物，他發覺他「賺」了一天的光陰，決定留在美國，不回故土，因為一回去，賺來的這一天又交回去了，他不甘心，他半生都是賠，賠時間，賠金錢，賠自尊，賠理想，賠兒女的前途，賠妻子的幸福，好不容易有機會賺一次，他死也不鬆手。下面當然是一個非法移民在美國的奮鬥，可用的材料很多，有人看他辛苦，問他為什麼不回去，他老老實實回答了，沒人聽得懂，懷疑他精神失常。這本小說怎樣結尾呢？結尾重要，需要另一個靈感。這個「靈感」，我寫書的時候遺漏了，在這裡補上一筆。

二〇一七年十二月二十日

原序

我寫《靈感》，先是受了古人詩話和筆記的影響，後來又加上今人「手記文學」的啟發。他們記下剎那間的靈感，倘若加以發展，可以有柳暗花明之趣，如今點到為止，也頗晶瑩雋永，可供欣賞。鳥可愛，雛亦可愛，花果可愛，胚芽也可愛。靈感的可愛在那靈光閃過，靈思湧現，「晨露初滴，新桐乍引」，在那初創的姿容。既然這些短文能夠獨立存在，供人欣賞，視之為完成的作品，亦無不可。

對於只有零碎時間的現代人，這是一卷閒適小品，閱讀時輕鬆愉快，沒有壓力。對於年輕一代的文學人口，它又可以是靈感標本的展覽，熱愛寫作的朋友無須覺得靈感神秘，無須慨嘆靈感難得，同類生同類，讀這本書，可以從別人的靈感中來，到自己的靈感中去。

本版的《靈感》補充了很多新寫的條目，還增加了五篇講話，提供實踐的經驗。此書已在海外地區做出許多貢獻，現在煥然一新，呈現給廣大的讀者。

二〇一七年春

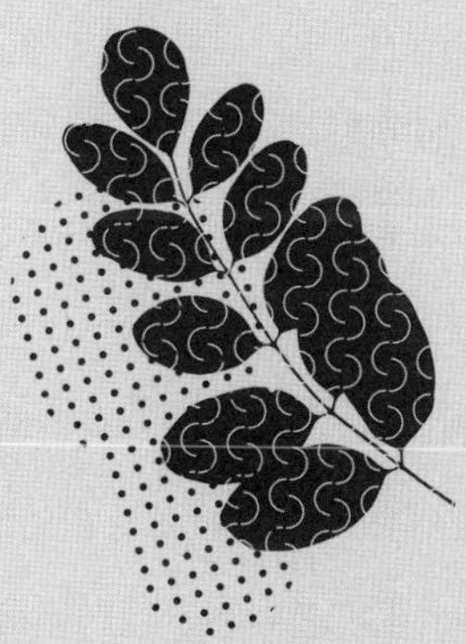

靈感

1

遊湖遇雨可不是玩兒的，因為那是一場夏天的雷雨。湖面空曠，沒有任何依傍遮蓋可以生苟安之想，而密密的雨柱不啻是一張電網，有千萬條線可以接通天上的閃電。小舟搖蕩，舟中遊湖的人都面無人色，只有一人泰然自若。登岸以後，有人問他怎有這麼大的膽子，他說：

「沒什麼，我在湖中一直思量生平認識的那些惡人，他們都健康長壽，一想到他們我就有了信心，像我這樣一個安分守己的人，是不會在湖心橫死的。」

2

戲台上響著鑼鼓，鑼聲那麼響亮，連地獄裡的鬼魂都聽得見。我找到自己的座位，鬆一口氣。

我說，希望今天曹操不要逼宮。

同來的朋友說，劇情早就編好了，戲碼早就排定了，曹操不逼宮，你教他幹什麼？

我說，你看這場面，明鑼明鼓，萬頭攢動，傷天害理的事，他怎做得出來？朋友笑了。這些人都知道曹操會逼宮，他們來，就是為了看這一幕。他們和曹操之間有默契。

我將信將疑，可是，他的話果然。

3

一夜北風緊，長河冰封，堅硬的河面仍然有波浪前進的隊形，看上去是風的姿態，是魚的姿態，是龍的姿態。

雖然停止了濺濺的淺唱，河並沒有死，並沒有睡，河只是讓冬神拍了一張照片。凝固了的波浪反而證明河有生命。

看過奔騰的冰，該知道河不會凍死。果然，第二年早春，河就從冬眠中醒來，連一個懶腰都不伸，匆匆上路，要把一冬天耽擱的行程趕完。

4

阿拉伯人常說，上帝要誰快樂，先使他失去他的驢子，再使他找到他的驢子。

想那阿拉伯人在找到驢子之時，抱著驢子親吻，圍著驢子跳舞，大叫，我的驢子！這是我的驢子！

上帝對阿拉伯人畢竟慈悲，在別的地方，上帝要誰快樂，先使他失去他的驢子，再使他收到一條滷過的驢腿。

因為作料不是照自己的意思調配，肉味未必可口，而且一想到是自己心愛的驢，更是增加胃酸。不過用它來下酒就無所謂，菜的缺點，酒能遮蓋。

5

牛垂垂老矣，快要拖不動那張春犁了。農夫對妻子說，不如現在就殺牛賣肉，再過兩年，恐怕肉也嚼不爛了。

於是牛死，農夫收進一筆錢，全村的人都吃清燉牛肉、紅燒牛肉和滷牛肉。

農夫對鄰人說，這條牛給我耕田耕了十年，我得好好葬牠才是。

農夫尋了一處地方，挖了一個大穴，把牛頭擺在前面，牛尾擺在後面，四肢牛蹄擺在四角，仔仔細細填了土，雖然不是全屍，總算意思到了。他把牛葬了，對得起牛，他把牛殺了，對得起養牛的自己，吹起口哨，心安理得。

6

不錯，自尊心是人類的一大富源。你可曾發現保持自尊的難處在哪裡？你若在一人之前堅持自尊，勢將在眾人之前失去自尊；若在眾人之前維持自尊，勢須在一人之前犧牲自尊。

7

該完了的事就讓它完，勉強延長下去多半不美。楊玉環的故事不在馬嵬坡結束，偏要發展出道士作法求仙一段尾巴，惹得有考據癖的人「假設」貴妃流落異國做了妓女。唉，與其有餘，毋寧不足。

8

偽善者手持《聖經》之前，先沐浴，更衣，吃八卦丹；虔誠的信徒手持《聖經》之前，也要沐浴，更衣，吃八卦丹。兩者不易分辨。如果長時間觀察，或可發現偽善者的八卦丹越吃越多，虔誠的人則越吃越少。

9
弱者無口號。

10
有人百煉成鋼，有人百煉成灰。

11
壯士徒手搏蚊用全力。

12
這話可以印在日記本上：
「年年座右銘，能知不能行。」

13

不可無法官，但有法官就有酷吏。

不可無醫生，但有醫生就有庸醫。

於是，世人往往以「不可無法官」來為酷吏辯護，以「不可無醫生」來為庸醫辯護。

14

有人接到女朋友的絕交信，越看越冒火，一怒之下把信燒了。冷靜了，不免後悔。無論如何那信是女朋友最後的手跡，分開來看每一個字，和那些情書裡的字完全一樣，其中有她秀麗的影子。

可是信已燒掉了，怎麼辦？幸而灰燼還在，他小心翼翼地把灰燼收起來，裝在一個玻璃盒子裡。

他每天對著灰燼想那些字。他用那些字造句，造許多情意綿綿的句子。他不斷潤飾那些句子。他一再排列那些句子。慢慢地，他覺得那些句子很真實，灰燼就是那些句子曾經存在的證據。

一天，遠方的親戚來探訪他，問起玻璃盒子裡的事物，他興奮地說：「愛情！你明白吧，偉大的愛情！」他抑揚頓挫地念出一封情書來。

啊，多麼纏綿的愛情！它怎麼變成了一堆死灰？

「愛情不但是偉大的，也是神秘的。」他不禁口沫橫飛。

「有一天，我重讀這封信，讀著讀著，它忽然發光發熱，變成了一團火。」

15

私塾先生一面打盹，一面聽蒙童念念有詞：

人必自侮，而後人侮。

聽來聽去，怎麼越聽越離譜，怎麼念的好像是：

人不自侮，皆為人侮。

他打開《孟子》，找到原文，慎重地核對了，正想吆喝一聲糾正他們，不料孩子們的讀法又變了：

人人自侮，人人侮人。

私塾先生悚然。這顯然不是孟子的話，怎麼好像也很對？

16

身為酒保的人照例圍著白色圍裙，圍著白圍裙的人並不一定要用圍裙擦酒杯。所以，身為酒客的他，有一次忍不住了：

「酒杯很乾淨，何必再擦呢？」

「酒杯裡如果有水汽，酒就不能保持原味，」酒保殷勤地把擦過的酒杯放在他面前。「所以，您每次來，我都把酒杯再擦一遍。」

「那，為什麼要用圍裙？」

酒保的聲音裡有被人辜負的不悅：「因為您是常客，您是高尚的紳士，我才用圍裙擦您的酒杯。我的圍裙比抹布乾淨。」

17

「乾燥」有一種香味。冬天，我們為什麼要圍爐？僅僅是為了驅寒嗎？不，我們貪戀，當寒濕全被驅走以後，乾燥的空氣中泛著的淡香。

太陽是世界上最大的香水噴灑機。

18

等什麼？等春天。
春天來了等什麼？等詩。
冬天要抗寒，夏天要抗熱。到春天，什麼也毋須抵抗，全身放鬆，望著蜘蛛吊在發亮的細絲上打鞦韆，目的可不是為了發明鐘擺。
心門敞開。為了詩，不設防。

19

眼是海。
只有女人的眼睛才是海。
只有美女的眼睛，在她的情人的心目中，才是真正的海。
「為什麼有人用大海比喻眼睛？」千萬別問這樣的問題，發出這種問題來的人，沒愛過美女，沒見過美女。

海能把冒險的男人淹死，眼波也能。

與美女同席的樂趣就在這裡：聽驚濤拍岸，看孤帆遠影天涯盡。

20

大兵可以在炮聲中熟睡，機關槍聲卻把他驚醒了。

母親睡著了，鬧鐘的鈴聲鬧不醒，嬰兒的哭聲卻一下子就把她鬧醒了。

在辦公室裡打瞌睡的人，電話鈴聲響十下，他才聽得見；下班鈴聲響一下，他就聽見了。

21

教授說了一個比喻，解釋什麼是古典，什麼是現代。

他說：一個讀初中的女孩發覺一個同班的男生追求她，她決定置之不理。可是有一天，她打開抽屜嚇了一跳，抽屜裡面的木板上刻了三個大字：「我愛你」，刀痕很深，深得教人心驚肉跳。

她知道這是誰幹的，就去問她的嫂嫂：「如果我仍然不理他，他會怎麼辦？」

嫂嫂告訴她：這要看他是一個什麼樣的人。如果他是一個古典的騎士，他下次用刀在自己身上刻字；如果他是個「現代」男子漢，他下次要用刀在「你」身上刻字。

22

坐在戲院裡看《斬竇娥》，聽見後座有兩個少婦談話：

「這個綁著的人就是竇娥嗎？」

「就是她。」

「這樣的人該殺！」

「你弄錯了，她是無辜的。幸虧老天幫她的忙，特地在夏天六月下了一場大雪，驚動官府，平反了她的冤屈。」

「這樣討厭的人死了最好，老天為什麼要幫她的忙？」

「你為什麼這樣說？」

「你看那個竇娥的長相，跟我婆婆一樣。在這世界上我最討厭的人，就是我婆婆。」

23

一個文弱清秀的人來看醫生，他滿面愁容。

他說：「每逢坐船過海，我站在甲板上望水天一色，就有一種衝動：想跳下去。每逢登上高樓大廈，看見地面上行人像螞蟻，汽車像火柴盒，就覺得跳下去有多痛快。醫生，您看我會不會有一天失去控制，縱身一跳？」

醫生安慰他一番，給他一服鎮靜劑。

過了幾天，又有一個高大健壯的人來看醫生。

他說：「每次乘船過海，站在甲板上看那汪洋一片、無邊無岸，我就有一種衝動，想把站在我旁邊的人推下海去。有時候登上高塔，跟同遊的人伸出頭去看塔外的風景，我又有一種衝動，想把同遊的人推出塔外。您看我會不會有一天真的做出這種事來？」

醫生又說了許多話安慰他，給他開了一服鎮靜劑。醫生對護士說：「我現在才知道，世界上有兩種人，一種人自己想跳下去，還有一種人想把別人推下去。只要這兩種人配搭得好，世界是很可愛的。」

24

丈夫得了暴病，突然死亡，死前用他僅有的幾秒鐘時間，指著搖籃，望著太太，口裡說：「孩子，孩子！」

太太連忙俯在他的身邊，輕輕地說：「我一定好好撫養他，讓他做個堂堂正正的男人。」

丈夫斷了氣，眼睛是睜著的，他還有什麼心事，太太始終猜不出。

喪事辦完以後，痛定思痛，太太這才恍然大悟：前年丈夫生過一場大病，痊癒以後，右耳失去聽覺，她這幾年都是站在左邊跟丈夫談話。不幸臨終慌亂，而且只有幾秒鐘時間，一時忘了選擇，她的誓言是俯在丈夫的右邊說出來的，恐怕他並沒有聽見。

太太年年帶著孩子到墓地去，重新再說一遍：「我一定盡力撫養他長大成人，讓他做一個堂堂正正的男人。」聲音很長，而且站在死者的左邊。

25

考古家從地下挖出來一塊秤砣模樣的金屬，光滑堅硬，千年無鏽。反覆研究，不知道是什麼東西。

不久，另一個考古家，從另一個地方，挖出類似的東西來。然後，各地考古家都有同樣的發現。

這些考古家聚首一堂，集思廣益，終於弄清楚了：他們挖出來的是古代忠勇義烈之士的心臟，那些古人的一切都腐爛了，生平行誼也湮沒不傳，只有耿耿此心，化為金石。

26

有一部紀錄片，攝了很多難得一見的珍貴鏡頭：兩隻鳥接吻，兩條蛇擁抱，貓在狗的頭上玩耍，老鼠把尾巴伸進溪水裡釣魚。看到這部電影的人都覺得很驚奇。

「你怎麼能拍到這些鏡頭。」有人問導演。

「我的秘訣是：等。花不開，你等它開；鳥不叫，你等牠叫。只要你肯等，理想的情況自然會出現。」

27

教授說：「用一個比喻形容敏感。」
學生說：「蝸牛的觸角。」
教授說：「用一個比喻形容痛苦。」
學生說：「蝸牛在乾燥的土地上爬行。」
教授說：「用一個比喻形容方便。」
學生說：「蝸牛帶著自己的房子走路。」
教授說：「用一個比喻形容自私。」
學生說：「一個蝸牛絕不讓另一個蝸牛鑽進牠的殼裡。」
教授說：「用一個比喻形容危機。」
學生說：「蝸牛把牠的殼弄丟了。」
教授問：「怎麼說來說去都是蝸牛？」
學生答：「因為我的名字叫蝸牛。」

28

我的心是磁石，你的心是一塊鐵。

我的心是磁石，你的心是一塊很大的鐵。

有一天，你的心碎了，我把你的心一小塊一小塊吸過來，再重新組好。

29

博物館裡有一頭象，一頭用象牙雕刻的象，擺在玻璃盒子裡，有拇指那麼大。

據說這是一件藝術品，可是怎麼看也不像是一頭象，越看越覺得滑稽，因為它太小。

象是陸地上最大的動物，通常有十一英尺高，三噸重，風度大方，性情溫和。這種溫柔跟大方，要一頭真正的大象才能夠表現出來。

大象喜歡用蹄子踐踏籬笆，有一頭象把一排籬笆都踹倒了，單單留下最後一段。籬笆上有一個鳥窩，裡面住著小鳥。大象不但沒有傷害牠們，還用鼻子替牠們吹風。

這件事情教人覺得很溫暖，但是象的身體太小了，你想到牠比鳥還小就溫暖不起來。

30

有人能帶著山流浪，即使像泰山那樣高大的嶽。抱著泰山在雲月下滾過八千里路。這樣的人滾動得很慢，他有這麼沉重的包袱。當他看玉山的時候，他把泰山放在玉山上。看一塊假山石的時候，把那塊多竅的石頭放在泰山上。

有時候，沒處放山，就讓那山壓著他的後頸。移山不難，難的是放在哪裡。

31

一個詩人說，他的名字「寫在水上」。瀑如匹練，江如鋪錦，海如飄飄大旗。以日月光華為筆，臨空揮灑，水流而字不動，神筆也。

有些人的名字是寫在風裡，碰上風車就團團轉，碰上空穴就嗚嗚響，捲進風沙中就迷失。有些人根本沒有名字。

32

在一個「速度」的世界裡，一切都太快了。

將來還要更快，一秒鐘可以由倫敦到華盛頓。

那種速度足以使一個人化成粉末，並且一粒一粒排列起來，由這半球排到那半球。然後被植物的葉子吸進，過濾，消失。

將來會有人用這種方式自殺。

在某種高速下，如果兩個人猝然相遇，可能合為一體。現在已經有人在想了：用這種方式結婚倒不壞。

33

黃鶯叫得真好聽，連樹影動都不動一下。

我說：「聽，這充滿青春的歌聲。」

養鳥的朋友噗嗤一笑：「青春？老了，這隻黃鶯我已經養了好多年，算起來早已超過了祖母的輩分。」

人有人性，物有物性，黃鶯雖老，歌聲、叫聲卻永遠是嬌嫩的。

34

這兒已經是山頂了，偏偏還有一塊很大的岩石，岩石上面偏偏還有一層土壤，偏偏長出了一棵松樹，岩石之上偏偏還有一塊岩石，壓住了樹根。松樹就在兩塊岩石中間的縫隙裡探出身子來，長得又粗又直，應該說是又長。

這棵松樹也不知道在這裡長了幾百幾千年，根鬚為了尋找養分，一條條穿透稀薄的土層，從岩石上垂下來。樹幹早已夠粗了，還想長得再粗一點，為了它，上面那塊石頭必須稍稍移動重心，讓出更多的空間，它像一個楔子一樣逼進。有一天，這塊大石也許要滾下來，如果這樣的事情發生了，頭重根輕的松樹也勢必要掀開土壤，朝著山谷倒栽下去。

如果沒有松樹，這兒也就不會成為大地一景。

幸虧松樹長得很慢。

儘管很慢，可是松樹總是在暗中不停地增長。

有人從四面八方來登山覽勝，看看自然界奇妙的平衡。其中有一部分人今年來過，明年還要來，後年還要來，他們來看岩石和松樹到底還在不在原來的地方。

35

勇者生存在敵人的恐懼懦弱之中。
弱者生存在敵人的疏忽藐視之中。

36

古人說：「貴易交，富易妻。」
其實賤亦易交，貧亦易妻。古人未說過，我們說。

37

健康的人用不著醫生？不然，他要做健康檢查。
義人用不著救主？不然，要預防被人陷害。
你看，耶穌也有說錯了的話。

38

他很窮，居住條件差，半夜起來捉臭蟲。這樣，睡眠就不夠了。臭蟲是捉不完的，長年睡眠不足，虧損體力，就得了心臟病。臭蟲不知道他有病，照樣咬他，他照樣夜夜和臭蟲肉搏，沒多久，他死了。

在陰曹地府，小鬼把閻王的判決書交給他，判決主文是：

此人生前殺生太多，罰入地獄受苦，不許超生。

39

暖風熏得遊人醉。醉翁之意在酒。釀酒人在山水間。山水在畫中。畫在當鋪裡。

40

白頭宮女在，閒坐說玄宗。

只可說玄宗，不可說肅宗。

41

大樹到了夜晚，就在樹幹上掛出許多面孔。

42

我們都是一些影子
日落以後就消失了
現今大樓流行玻璃大門，你帶著影子
走近了，日光斜射，反光消去了人影。
奇怪不奇怪，可怕不可怕，
我怎會沒有影子？我怎會沒有影子？

43

一人有潔癖，後來得了一種病，病因是體內碳酸氣過少，必須常常對著一個牛皮紙袋呼吸，把自己吐出來的濁氣再吸回去。他對我說：你看，這就是報應。

44

君子動口——教唆犯
小人動手——現行犯
君子動手——實幹硬幹
小人動口——光說不練

45

我當年在西安吃過回民館子裡做的牛羊肉餅，那是當地有名的產品，餅中夾肉，放在吊爐裡烤黃，熱油淋漓，香氣四溢，你就別提有多好吃了！

年輕時想起這種肉餅就口角流涎。老大以後，想還是常常想到，反應完全不同，只覺膽固醇往腦血管裡沖。

讓那爺兒倆吵嘴去，不必多聽，他們吵的無非是這個。

46

有些話只有億萬富豪能說，普通人不能說，例如對當年初戀的對象說：「我到現在仍然愛你。」

有些話只能由窮人說，富人不能說，例如：「我愛上帝勝於一切。」

有些話只能在二十歲以前說，倘若不說，以後就永遠沒有機會了。這種話，每人都有一籮筐。

47

「天下名山僧占多」，在崇山峻嶺之間蓋一座堂皇的大廟殊非易事，單說那些建築材料吧，你怎麼運上山去，那是多少人，流了多少汗，甚至流了多少血！

可是你去進香的時候有人會告訴你，那些石方是一群一群野獸變的，那些瓦片是一群一群飛鳥變的，所有的建築材料都是自己走過來的。這一切成就跟勞苦大眾沒有關係。

這也難怪，飛鳥變瓦的故事聽來多舒服，輕飄飄解決了問題，不費你我半點正義感和同情心。

48

有愛，有痛苦。
沒有愛，空虛。
當「愛」是名詞時，是原則。
當「愛」是動詞時，是運氣。

49

三十歲以前說真話，人家認為他幼稚。
六十歲以後說假話，人家認為他幼稚。

50

燕子不吃落地的，麻雀不吃喘氣的。
這就叫生活方式。

這就叫命。

51

我碰見的乞兒大都有好的歌喉，在地下車裡的走道上邊走邊唱，唱著祝福別人，走著等待施捨，他的祝福很有誠意，這很難得，數來寶的人就做不到。

盲丐如果兩眼合閉，容貌會好看得多。但他總是用力翻著眼白，希望看見兩旁坐著的吝嗇的硬心腸的不肯拿出一毛錢來的傢伙長得什麼模樣。「瞽者不忘視」有些可怕。

要吸，不要呼。人死時，最後一口氣是呼出來的。可是只吸不呼也沒命。可貴在呼出以後立即能夠再吸進來。

52

某地有「彎腰的土地公」，土地公的塑像離座彎腰好像是迎接客人。據說本來是一尊坐像，有一天，他生前的老朋友來廟前參拜，他馬上改變了姿勢。坐姿的塑像能夠自動起立彎腰，足以證明土地有靈，地方人士頗引以為傲。不過這裡有一個問題，他為什麼不再坐回去呢？答案當然是他不能動彈，那麼，他現在既不能坐下，當初也必定不能彎腰起立。

為了證明什麼，提出一套說辭，結果反而把他要建立的東西推翻了，現代人也常常這麼幹。

53

錢在「撲滿」裡喊叫：「我是血，我是汗！」

錢在銀行裡只是一個一個號碼，一筆一筆數字，實際上並不滯留，所以銀行總是那麼清靜、乾淨。

54

上帝指著虹說：「這是我給人類立的約。」

虹不僅在雲裡，也在淚裡，冰裡，鏡子邊沿。朝霞夕暉、紅花紫菜都是虹的化身。

莊子說「道在屎溺」，有時，虹也在一號的細流聲裡。

55

天上一顆星，地上一個人。每人頭上一顆星，如果沒有專屬的星照耀他，這人就活得缺乏光彩，沒有意義。

地上的人越來越多，人數超過星數，於是發生爭奪。爭名奪利爭權奪勢都是為了爭一顆星。星雖然有明亮的眼睛，卻是啞巴，它從來不說：「你們不要爭，由我來選，我選中了誰就是誰。」它等著接受爭奪的結果。

為了息爭，科學家發明了望遠鏡。人可以用望遠鏡發現更多的星，增加了星的數目。一人一顆分不完，一人兩顆也還有剩餘。總該天下太平了吧，可是又不然，站在望遠鏡後面的人認為他用望遠鏡找到的那些星都該為他所有，為了占有那些星，就得永遠占有一架望遠鏡。於是人們展開了望遠鏡爭奪戰。星仍然默然無語，聽天由命，誰贏了算是誰的。

四海不安都要怪那些星星。如果它們會說，肯說，它們大聲宣告：「我要×××，你們不要爭，爭也沒有用！」豈不消弭了亂源？天上的星那麼多，倘若一齊吶喊，恐怕比響雷還要嚇人吧。

56

人和人的關係好比玩蹺蹺板，平衡只是一剎那，而且目的不是追求平衡。玩蹺蹺板的麻煩是因為有個對手，可是沒有對手又玩不成。

57

有些事，只因是外人做的，就不對。例如，你不可以去吻陌生人的孩子。孩子是要自己抱、自己吻、自己打罵的。

58

剛剛生下一個蛋來的母雞會大聲叫嚷，那種充滿了喜悅和自信的吶喊，在禽類中和獸類中都無可比擬。人類要表示那樣的情感必須借重樂器或武器。倘若在養雞場裡有幾百隻母雞同時興奮地昭告天下牠們又生蛋了，那一片喧譁必定值得一聽。

但是生蛋實在不必這樣驚擾方圓，甚至應該保持隱秘。烏龜就把下一代的種子悄悄埋在沙裡。喊出來固然滿足固然痛快，卻也引起主人吃炒蛋的動機。也可能使鄰人發生一些複雜的感想。什麼樣的鄰居才是好鄰居？好鄰居的定義是：聽見隔壁的母雞報喜而不嫉妒的人。

可憐的母雞，她不大清楚雞蛋和鴨蛋的區別，以致，你若把鴨蛋放在她的窩裡，她就替你孵出醜小鴨來，在孵育過程中，母雞另有一番執著和昏沉，她做了母親另有一番無畏和無私。當她在陽光底下、青草地上、綠水塘邊，眼睜睜看見小鴨下水游水掉頭而去時，她怎麼承受得住？上帝慈悲，沒有給母雞安裝大腦，母雞不曾失眠，也不致神經錯亂。

母雞，妳何不在生蛋的時候保持緘默呢？妳那震驚四鄰的能力，使主人坐不安席的能力，似乎可以換一個用途。當妳發現雞窩裡放著一堆鴨蛋的時候，妳再滿院子遊行，高呼抗議的口號，妳罷工等待主人去把鴨蛋拿走換上雞蛋。怎麼樣？

59

只要功夫深，鐵杵磨成針。

要一根用鐵杵磨成的針幹什麼？我想不出來。

60

最好別在寒來暑往的地區樹立銅像。銅像積了雪，掛了冰，在凜冽刺骨的風裡，模樣可憐。

61

好人都要知道保護自己，別像居里夫人，發現了鐳，卻中了鐳毒。

62

部隊開進一個村子，村裡沒有人，也沒有狗，使人有一步踏人異域之感。人，逃難去了，難道家家帶著自己的狗？有個二等兵從一家住宅門外經過，聽見屋子裡有許多狗一齊狂吠，他好奇心重，不甚聰明，獨自走過去察看。原來全村的狗都關在這座房子裡，房門反鎖，但並未認真鎖好，他伸手一拉，鎖掉在地上。

他為什麼要這麼做呢，他不該做的，他推開了門，一群狗像決堤的水把他沖倒，這群狗關在裡頭挨餓，餓成一群狼。於是……

唉，抗戰八年，死了三千萬人，有重如泰山，有輕於鴻毛，犧牲得最沒有價值的人，要數這位二等兵了。

63

為什麼要把全村的狗關在一間屋子裡呢？世上有些謎，我們永不會知道謎底。

以冰為磚也可以砌牆，只要那地方的氣溫永遠是攝氏零度。

64

早晨打開報紙，讀到有人情味的新聞，就興沖沖地進城；進城以後，遇到的都是沒有人情味的事。

65

海潮雖然努力，不能登上山岸。

66

蜘蛛趁著夜靜，攔路結網，我早晨出門幾乎一頭撞上。藍天也在昨夜降下來，掛在院子裡，接受蜘蛛的織繡，蜘蛛的手藝做完之後，水蒸氣來掛上許多叫做露珠的碎鑽。不久，旭暉射過來，滿網星星點點的虹彩，天把它當作一個神蹟留下，安詳地回到原位去了。

我是俗人，必須出門辦些俗事，就尋到掛網的長線，輕輕地把它摘下來，我還不太俗，不致用掃帚把它搗爛。不過結果是一樣，在這推土機破壞了無數自然景觀的年代，我犯了同樣的罪行。

當我自以為發現了一種美的時候，我忘了蛛網的用途，後來我想到這是蜘蛛殘害弱小的工具。想到了又怎樣，如果把所有的蛛網都拆了，又教蜘蛛怎麼活？你能餵養所有的蜘蛛嗎？不能。你能訓練蜘蛛用另外一種技能謀生嗎？不能。那麼，你還是做你的俗人，趕緊辦你的俗事去吧。

67

這一家人，大房的性情柔弱，生下來的子女都剛強，子女有餘可以補父母的不足，也算公平。

二房性如烈火，子女卻像走起路來聽不見聲音的小貓，唉，這一帶方圓誰見了他們的爸爸不退讓三分，現在，他們可以消消爸爸的火氣了吧。

仔細看，事實又不是如此，性情剛強的子女，並不能替父母討回多少公道，反倒常常侮慢長輩；那隨風倒的子女成年以後還處處依附父母，藤蘿一樣站不起來，更使他們的父母焦躁。

如果新苗都在樹頂上生長，有一天樹可以直上九霄，無奈每一棵樹都從地面重新出發。

68

聽到女孩結婚的消息，男孩知道他不再年輕。

男孩夜半常在哭泣中醒來，他還沒老。

到哭不出來的那一天，青春是真正逝去了。

69

女孩子說：那人名聲不好，我不嫁給他。

媒人說：其實那人正正當當，你聽到的都是謠言。

女孩的父親說：好人可能有惡名，但一被惡名汙染，很難不變成壞人。《紅樓夢》裡的晴雯是這些人的發言人，晴雯說：「與其擔了個虛名，不如……」所以，擇人一定要計較毀譽。

70

愚公發憤移山，兒子媳婦反對，家中發生激烈的爭吵，他的好朋友智叟趕來調解。智叟勸愚公：「何必移山呢，你嫌這地方不方便，何不搬家？」

愚公說，搬家要另外找地皮蓋房子，他沒有這筆錢，再說，現在的房子是父祖傳下來的，住在裡頭比較有意義。智叟看了看地理形勢，心生一計，就對愚公說：「你的房子開門見山，出入不便，房子後面倒是平地，你把前門堵死開一個後門吧，那就既不必移山也不必搬家了。」

愚公說：「咳，我一生行徑正大光明，從來不走後門，現在年紀這麼大了，你教我臨老變節？」

智叟連忙說不敢。

不過智叟到底是智叟，他的名字是有來歷的。他忽然一拍大腿：

「有了！你在門前掛一面鏡子，出門的時候不要看山，一心一意看那面鏡子，鏡裡照見了房子後面的景象，那時，你看到的不再是碰鼻子的石頭樹根，而是縱橫的阡陌，潺潺的溪流，明亮的大道。你看好不好？」

「很好，好極了！」愚公說。「如此，我可以安享餘年矣！」

71

天曉得就是無人曉得。

其實人人曉得，裝做不曉得。既然不曉得，就可以袖起手來不負任何責任而又顯得很公正。

明明曉得他不公正，偏要承認他是最公正的人，這就是識時務。

72

秀才不出門，能知天下事。

電視：能知天下壞事。

電話：能知天下無聊事。

73

偶然看到這麼一件作品：

一塊長立方體的青銅，表面光滑如冰，稜線垂直如尺，壓力沉重，是一塊實心的銅。它的左上角露出自由女神的頭顱和輻射冕，當然還有高舉的右臂和緊握著火炬的手，右下角是自由女神歪斜的底座，看來女神是被強大的拉力曳進銅塊之中，以對角線的位置囚禁起來了，她顯然不甘心，在等待救援。

我在這件作品前面沉吟良久。誰能救她？她本來為那些失去自由的人所企盼所仰望，現在反而成了過河的菩薩。這是要對自由主義的信仰嘲弄一番嗎？怎樣救她呢，她本身也是一塊銅，她的全身和身上的鐐銬鑄在一起了，誰敢把銅牆鐵壁還原成液體？那不是連女神都屍骨無存了嗎！藝術家都是崇尚自由的吧，親手把自由女神送進絕境，是什麼樣的心情呢？

不，也許並不是那樣悲觀，自由女神雖然傾斜，並沒有倒在地上，她的右臂也沒有垂下來，火炬依然熊熊明亮，永不熄滅。自由女神雖然陷入牢籠，但是那座監獄卻給自由火炬提供了一個更堅固的高台。

藝術家的心思是很難猜度的。

74

「年輕」是水做的，想想看多少淚、多少汗墜地無聲、入土無痕。如果把照片排列起來，由少年到老年，看你一分一分改變，看時間一筆一畫將你修改，儘管你現在很滿意，如果少年時就做了這樣的預告，你會接受嗎？

75

父親對兒子說：「你是我骨中的骨，血中的血，形外的形，魄外的魄，源中的源，夢中的夢。」

兒子說：「我就是我。」

76

能征服，謂之堅強。

能順應，也是堅強。

77

護士身上有藥味，水手身上有鹹味，消防隊員身上有煙味，廚子身上有作料味，常常。

善良的人、邪惡的人各有不同的氣味，所以你要有好的鼻子。

78

一職員向老闆要求加薪，老闆對他說：

我怎麼可以給你加薪呢?你想想看，一年只有三百六十五天，每天只有二十四小時。你每天工作八小時，占全年時間的三分之一，也就是說，你只工作一百一十二天。我們要從這一百一十二天裡除掉五十二個星期天，只剩下六十天。一年有十二天放假，還有四十八天。你一年只工作四十八天，如果你還請了病假，請了事假，工作的時間就更少了，也許只有三十幾天。你一年只有三十幾天在工作，還想加薪水?

老闆的算法有錯誤，我希望你能在十秒鐘內發現他錯在哪裡。如果你有這個能力，將來就沒有人能借所謂科學方法、科學態度愚弄你。

79

唐代的張公藝以「九世同堂」而不朽。九世同堂，老少九輩不分家。皇帝問他這樣一個大家庭如何能夠維持，他提出來的書面報告是忍忍忍忍忍，一共寫了一百個忍字，再沒有別的字。

在那個龐大的組織裡，這一百個忍字是如何分配的呢，性格柔順的人分到多少？性格剛烈的人分到多少？性格狡猾的人又分到多少？背景強硬的人分到多少？背景軟弱的人又分到多少？很可惜，張公藝沒說，皇帝也沒問。

皇帝多半認為只要有人忍，就沒有問題了。單是靠忍能維持久遠嗎？張公藝的大家庭組織維持到哪一年？如何解體的？誰能告訴我？

80

飛蝶翩躚，如浮於海。春似海，花似海，空氣似海，可惜少個靈巧神秘的「桴」。

花開不是等人看，是等蝶來找。花種是荷蘭來的，當地的蝴蝶怎會認識她，荷蘭的蝴蝶怎能飛過重洋。

所以蝴蝶很猶豫，很徘徊。花很焦急。

這是春天，蝶和花的關聯是命中注定的。於是蝶和花終於形成共識：只看花，不問種子。種子不是埋在土裡爛了嗎？

於是蝶和花在風裡擁抱。

那叫做「春天」的光陰才放心走過。

81

屍體應該僵冷，如果保持溫熱，反而是害。

82

望見池中有月，向月亮吐痰的人，不可做朋友。

83

人無法丟掉自己，因此自暴自棄無濟於事。

84

凍僵了的人性甦醒過來，有些步驟。

起初，他說：人可恨。

後來，他說：人可憐。

最後，他說：人可愛。

85

誰還記得這是哪裡的風俗？若是家裡添了孩子，在孩子出生的那一天，做父母的不可給乞丐任何東西，否則，產婦就會缺奶。

但是另有一個說法似乎相反。產婦滿月以後，第一次出門，要抓一把糧食去撒在樹林裡餵野鳥，否則孩子長大了沒人緣。

天下父母心，寧可信其有，他們兩樣都做。

有沒有誰來個「修正」，把餵鳥的糧食拿來救濟乞丐？

如果有，那可了不得，那地方也許出了個革命家。

86

禰衡當眾罵曹操是奸臣，曹操問在場的賓客群僚：「我是忠是奸？」眾人異口同聲：「丞相是大大的忠良。」曹操大笑，禰衡的鼓聲為之失色。

「我是忠是奸？」曹操只敢問台上的僚屬，不敢問台下的觀眾，算不得英雄。倘若禰衡不忙於表現自己，訴諸群眾：「他是忠是奸？」曹操就笑不出來了。

不過，好演員能顛倒眾生，如果演曹操演到「大奸似忠」，觀眾也會說他是「忠良，大大的忠良」，到那時候禰衡只好進瘋人院，或者丟掉鼓棒倒地便拜：「丞相，我服了你啦！我服了你啦！」

87

在曠野裡有人聲喊著說：由他們殘忍去！要殘忍，才會有進步。

我悚然警醒，枕畔尚有餘音繚繞：所以要有人提倡溫柔，鼓吹愛，來稀釋殘忍，淡化殘忍。……

我又睡著了，那人還在演講，地點是公墓。他說：……所以要把進步的成果分一部分給那些在進步中受害的人。否則世界就會很恐怖……很恐怖……

88

恩怨恩怨，重點在怨。就像褒貶。

恩必生怨。所以不但「受」要慎重，「施」也要慎重——更要慎重。

君乘車，我戴笠，他日相逢下車揖。他一揖而已，你也許得叩頭。君擔簦，我跨馬，他日相逢為君下。他雖然下了馬和你一般高，你可再也不能拍他的肩膀了。

善行若預期回報，須費一番心計方法，這已是權術而不是道德了。

89

有一個間諜組織，成員都是盲人，他們的名冊用點字寫成，他們走在街上以杖擊地傳送密碼。

沒有人防範一個全盲的人，人們對他失去敏感。第一線的鬥士沒有誰拿盲人做假想敵，因為盲人不在第一線，也不在第二線，甚至也不在第三線。可是……

終有一天，情報戰史上會出現這樣的案例：他們全盲……

90

鐵軌自西向東鋪過去，掛在東方的天上。火車就冒著汗、喘著氣，沿著這道搖搖晃晃地往上爬。

太陽突然從地平線後面跳出來，以拒人千里的手勢朝著火車一推，逼得火車尖叫一聲停住。火車不甘心，像鬥牛場裡的牛，用前蹄扒地，歪歪頭，瞄準那團紅。火車長嚎，沒命地衝上去。太陽不理他，只顧升起來，倒也低下頭看了一眼，看火車、雲、有摩天大廈的都市一齊搶他空出來的座位。

91

有時候，蝴蝶像落葉；有時候，落葉像蝴蝶。有生命和沒有生命到底有什麼區別呢？秋天的蝴蝶像落葉，春天的落葉像蝴蝶。生命到底有它的特徵。

92

那裡有一棵樹，一棵樹站在那裡，實在好看。

樹為什麼好看？樹有一種努力向上生長的樣子。人也好看，只要人努力上進，尤其是一個男人，男人的美，就在他不停地奮鬥。

93

「燕子，燕子，你有什麼遺憾？」

「唉！我這一輩子沒見過梅花。凡是我到過的地方，梅花都不開。」

「這是因為凡是梅花開放的地方你都不去。你怕冷，而梅花要在寒冷的天氣裡才有。」

94

有一個扒手一輩子沒有失風，他的徒弟一出手就給人家逮著了。

師父問徒弟作案的經過。徒弟說：「我在飯館裡吃飯，鄰座也有一個人吃飯，他口袋裡有一疊鈔票，我輕而易舉弄到手。那個人吃完了飯，沒有錢付帳，就跟飯店的老闆交涉，逼著他叫夥計把住前門、後門。」

老扒手說：「你不用再說下去了，如果是我，我會給那人的口袋裡留一點兒錢，讓他有錢付帳，有錢坐車回家。我從來不把人家的口袋扒光，所以我一輩子沒出過事。」

95

一個作家娶了一個不識字的太太，每天教太太認字。他寫「桌子」，把這兩個字貼在桌子上。他寫「電燈」，把這兩個字貼在電燈上。太太每天看見桌子、電燈，溫習這些字。不久，他家所有的東西都貼上了名條。

有一天，他教太太認識「愛」，這個字沒處貼，就抱住太太親嘴。兩個人親熱了一陣子，太太總算把這個字記住了。她說：「認識了這麼多字，數這個字最麻煩。」

96

女兒到了「寂寞的十七歲」，自作主張買了一條牛仔褲。星期天上午，大門外有男孩子吹口哨。母親越想越不放心，就讓女兒轉學，進了一家管理嚴格的教會學校。

畢業的那一天，女兒決定去做修女，母親阻擋不住，哭得像個淚人兒。丈夫安慰她：「你不是希望女兒學好嗎？修女是世界上頂好的人。」

母親說：「我是希望她學好，但是我不希望她好到那種程度啊。」

97

有人養了一隻鳥，那是他最心愛的東西，每天伺候牠、欣賞牠，連做夢也夢見牠。可是，有一天，鳥不見了，他忘記把籠子的門關好，鳥飛走了。他實在心痛，很想把那隻鳥再找回來，看見鳥就注意觀察，聽見鳥叫就把耳朵轉過去，可是那些鳥都不是他的鳥。

有時候，他看見成群的鳥，他希望那隻鳥就在裡面，其實，就是在裡面，他也認不出來。

不知道到底哪隻鳥是他的鳥？他只有愛所有的鳥。從此，他變成了一個愛鳥者，一個保護野鳥的人。

98

浪子說：「我不喜歡祖母，喜歡祖母綠。」

祖母綠是一種寶石。

蕩婦說：「我不需要愛情，我需要愛情石。」

愛情石是鑽石的別名。

英雄說：「我不喜歡人，我喜歡女人，美麗的女人。」

女人比男人少一根骨頭，有人說她少一根肋骨，有人說她少一塊頭骨。也許兩方面說得都對，她少兩塊骨頭，不是一塊。

女人的可愛，就在她的骨頭比較少。戀愛擇偶，實際上是數她的骨頭。數遍全身，查證明白，才肯和她結婚。

99

日暖風輕，孩子們出來放風箏。

風箏飛上天，人人仰面看。風箏落地，沒有人注意。

只有一種人，不看天上的風箏，他低著頭去檢查、修理、調整地上的風箏。那就是孩子的哥哥、姐姐、父親、母親。

據說，老鼠吃了鹽，會變成燕子，而燕子吃了鹽，會變成蝙蝠。人類鼓勵老鼠吃鹽，讓牠們脫胎換骨；禁止燕子吃鹽，防止牠們由美變醜。

100

旅行雜誌的記者來到湖邊，訪問一個正在釣魚的老人：「你到過哪些地方？」

「我到過很多地方。」

「你最喜歡哪個地方？」

「我不喜歡任何地方。」

「那麼，你最恨的是什麼地方？」

「我也不恨任何地方。」

「你沒有感情嗎？」

「正因為感情太複雜，所以愛恨兩難。」

101

哀莫大於心死。

我心未死，只是已碎。

哀莫大於心碎。

我心未碎，只是已被汙染。

哀莫大於心靈被汙染，因為被汙染了的心永遠不死。

102

少小離家老大不回，聽見鄉音備覺親切。於是幾個同鄉定下約會：每月一次聚在一起，大家都說家鄉話，你說給我聽，我說給你聽。

一連十年，這個節目沒有間斷。後來，有一個人在聚會中保持沉默，始終沒有開口。大家問他為什麼情緒這樣低落，熱心鼓勵他說話。他在大家督促之下忽然挺胸揚眉。他說：

「我現在不說家鄉話了，不說中國話了，我現在學英語，英語比家鄉話好聽，也比家鄉話實用，我現在說一段英語會話給你們聽聽。」

不等大家的反應，他吐出從瑪爾蔻梁那裡學來的法寶。起初聲音很低，後來激昂慷慨，手舞足蹈，簡直像是用英語對這些人演說。他口若懸河，抑揚頓挫都控制得宜，即使是外行也聽得出他下過苦功。五分鐘後他停下來，問大家：「我說得怎麼樣？」同鄉個個面色沉重，全場鴉雀無聲。

這是他們最後一次聚會，從此以後，這個別致的節目無疾而終。

103

我認識一位小姐，說話的聲音粗嗄難聽。後來，她結了婚，生了孩子，當她對孩子說話的時候，聲音忽然非常甜美。

丈夫帶她看電影，她抱著孩子，坐在電影院裡，一直低著頭看懷裡的孩子，根本沒有看銀幕。

像廣播電台一樣，她現在有兩個頻道，一個頻道對我們，一個頻道對孩子，兩個頻道的聲音不同。

104

有一本書的名字叫《響在心中的水聲》。

也有一本書的名字叫《響在水中的心聲》。

站在水邊聽水聲潺潺，水聲淙淙，水聲滔滔，把水聲放在心裡，把心聲放在水裡。

我的心帶著水聲走，水，帶著我的心聲走。百年千年，心中的水聲消滅了，水中的心聲依然在。

站在水邊仔細地聽吧。聽，離人的悲泣；聽，英雄的喧譁。

105

你讀過神話故事嗎？妖魔鬼怪最難鬥，一刀砍下去，砍掉它的腦袋，它會再長出兩個來，把兩個砍掉，它又長出四個來。

妖魔鬼怪往往如此，要是好人，他的腦袋只能挨一刀，一刀砍掉了，就再沒有第二顆了。

106

急急忙忙買了票，電影已經開演了，由帶位子的小姐領導入場。

滿眼漆黑，幸虧她用手電筒在地上鋪下一個小小的光圈。那是一種特製的手電筒，光圈小，光度弱，但是剛夠你用的，夠你看清腳前的路，夠你找到屬於你的座位號碼而不至於驚擾別人。

人追求的就是這麼一點兒光，有這麼一點光就可以活下去。——用這點兒光照自己，只照自己。如果滿場亂射，就會引起眾怒。

107

賣油郎每天經過「花魁大酒家」的門口，望得見裡面迷人的燈光，聽得見裡面醉人的音樂。有時候運氣特別好，恰巧碰見名滿天下顛倒眾生的花魁姑娘陪著豪客走進或走出，心裡羨慕萬分，暗暗地想：我要是能跟花魁姑娘一夜風流，那才算不虛此生。

花魁姑娘的身價，一夜是一百兩銀子。賣油郎一番盤算，算出自己省吃儉用，二十年之後積存這個數目，並不困難。從此他做生意特別勤快，特別熱心，他賺的錢愈多，花錢愈少，所有的錢都存起來，準備有一天用在花魁身上。他暫時不想花魁，當然，他天天還是要從花魁大酒家門口經過，對她暗暗地祝福。

幾年以後，銀子存了不少，但是距離花魁姑娘的身價還相差很遠。有人勸他到外面去創業，那樣雖然離開花魁姑娘很遠，但是賺錢也比較快，可以提前實現他的心願。他就望著花魁大酒家喃喃地祝告了一番，遠走他鄉，一去二十年。

二十年後，賣油郎成了食油工業的重要人物。回想起來，這二十年的日子總算沒有白過，唯一的遺憾是，花魁姑娘仍然只是他想像中的情人。現在他有錢了，他跟當年帶著花魁姑娘走進走出的那些豪客是一樣的人物了，他決定回來彌補生命中的缺憾。於是整頓行裝，不遠千里，來到花魁大酒家的門口。

花魁大酒家的燈光依然迷人，音樂依然醉人，但是，服務人員告訴他，花魁姑娘已經退休，現在是這家的老闆娘。她仍然接待從前的朋友，但是只限一杯清茶，代價卻比當年增加一倍。現在的賣油郎絕不在乎二百兩銀子，他指定要跟花魁姑娘見面。

花魁姑娘老了，她的穿著很樸素，她並不使用化妝品去掩飾頭上的白髮和額上的皺紋。她對客人行了禮，奉過茶，舉止大方，態度端莊。然後她坐下，很有禮貌地問：「我們以前見過嗎？我怎麼不記得？」

賣油郎說：「見過，我們見過很多次，每次都是我看見妳，妳並沒看見我。」他說出當年在這一帶賣油，他說出平生對花魁姑娘是如何仰慕、如何傾心，他也說出二十年來在外面奮鬥的經過和已有的成就。他拿出一盒首飾來，恭恭敬敬放在花魁姑娘的手邊，他說他來傾吐二十年藏在心裡的話，同時也專誠來送這一件禮物。

花魁姑娘打開首飾盒看了一眼，隨手蓋上，她說：「這盒東西至少值一千兩銀子，我不能收，我已經老了，退休了，我可以把我們現在最紅最漂亮的姑娘留給你。」

賣油郎說：「世界上哪裡還有比花魁姑娘更漂亮的女子？再說，我也老了，沒有心情再偎紅依翠，我到這裡來，是要當面把二十年前就該屬於妳的東西送來。我的目的只是希望妳收下，妳肯收下我就快樂。」

花魁姑娘非常感動，她緩緩起身向客人行禮，她說她實在沒有想到二十年來給一個正直善良的人這麼大的折磨。很抱歉她的過錯已經沒有辦法彌補，現在既然收下禮物才能減輕她的罪過，她就沒有理由再推辭。不過她說她也要送一件貴重的東西作為回報。她款款地行禮，退出客廳，過了一會兒，拿著一個精巧的盒子回來，又款款地行禮，雙手奉上。她說再見了。她相信人跟人的離合聚散都有定數。他們之間的緣分到此已盡。

賣油郎離開酒家，手裡緊緊地捏著那個盒子。坐進馬車，車夫揚鞭起步，他忍不住要打開盒子，看看裡面是什麼東西。完全出乎他的意料，裡面是一張照片，花魁姑娘二十歲時候的照片，全身赤裸，一絲不掛。

108

有人相信中醫，他在一次車禍中撞斷了手臂，被人家送到醫院，醫院進行急救，替他敷上石膏。

他覺得西醫不可靠，一再要貼膏藥，家人偷偷地把膏藥送給他，他偷偷地把膏藥貼在石膏外面。他希望藥力能夠穿透石膏，到達患部，使他早日復原。他出院了，手臂運動如常，他始終相信這是膏藥的效力。

109

瞎子說：「我能夠看見命運。」很多人相信他的話，請他算命。後來，他碰見一位好醫生，替他免費開刀。他恢復視覺，重見光明，因此，再也沒有人請他算命了。

乩童，都是不識字的孩子，他們在扶乩的時候代表神鬼寫字。等他從國民小學畢業出來，他會寫字了，反而喪失了乩童的資格。

知，無知。無不知，不知。

110

有人養雞是為了生蛋；有人是為聽雞的啼聲，此人不養母雞，只養公雞。夢中被雞聲叫醒，心甘情願，絕不像鬧鐘那樣讓你冒火。現代人樣樣能幹，有人發明了一種鬧鐘，聲音跟雞叫完全一樣。

很可惜，雄雞牌鬧鐘的銷路不好，在各種噪音的襲擊下沉沉入睡的人，聽了雞啼只有睡得更熟。

111

畫家參觀孤兒院，動了幼幼之心，大家決定開一次畫展，幫助孤兒院籌款。畫展的主題是「慈母」，每位畫家都畫了一位慈祥和藹的母親參加展覽，展出的地點就在孤兒院裡面。看畫的人同時參觀了孤兒院，買畫的人同時捐錢給孤兒院。

那些孤兒也來看畫。

十天以後，展覽期滿，所有的畫都賣出去了，結果圓滿了，人人高興。可是，那些孤兒非常難過，他們捨不得離開這些畫，捨不得離開想像中的慈母。十天以來，他們跟這些畫，跟他們心目中的慈母已經發生了難分難解的感情。

看見那些畫要被取走，他們嚎啕痛哭。

「別哭，別哭，賣掉這些畫，給你們蓋新的教室。」

他們寧可不要教室，還是哭。

「別哭，別哭，賣掉這些畫，給你們買一架新鋼琴。」

他們寧可不要新鋼琴，還是哭。

當然，畫還是給了買主，不久，新鋼琴買回來了。又過了一些日子，新教室也蓋好了。院長找了許多人來參觀，把院童梳洗得乾乾淨淨，穿著得漂漂亮亮，叮囑他們：對客人要露出笑臉來。

那天，場面很熱鬧，孩子們也很想笑，笑給來賓們看；但是，一想起鋼琴、教室是怎麼來的，就笑不出來。

112

小張追求他的一個女同事，請老李做觀察員。

經過三個月的努力之後，他問老李：「你看情況怎麼樣？」

老李說：「到目前為止，你是她的備用輪胎。」

「何以見得？」

「中午下班以後，你們男同事女同事自由聊天，如果在座的男同事都是結過婚的，她對你的態度就很溫柔，如果在座的男同事裡有幾個獨身的，她就對你冷冷淡淡。」

小張嘆了一口氣。

有一位中學校長，到老還是獨身，他整天在學校裡忙忙碌碌，連一場電影也不看，所有的精神都放在辦學上，他的娛樂，他的工作，他的理想，他的現實，就是辦學。

校長室四面的牆壁上，密密麻麻貼滿了學生的照片，每一年度，每一班級，功課和品行最好的學生，都有一張小照片貼在這裡。照片不斷增加，牆上已經沒有空隙，看上去，好像是一種特殊設計的壁紙。

校長整天生活在千百個光頭男孩的炯炯注視之下，他對這些照片好熟悉，能夠一下子就說出任何一個的姓名。他也經常對著牆注視那些照片，尤其是那些已經褪色發黃的早期學生，他站在那裡一看就是兩個小時。

他常說：這些孩子我都喜歡，可是孩子大了，往往就變了，你想喜歡他也不可能了。

他喜歡對來訪的客人談他的學生，他撫摸著牆壁，告訴客人：這個學生出國留學了，這個學生在國內考上了研究所，這個學生現在是一個優秀的軍官，這個學生結了婚，已經有兩個孩子。還有這個孩子……

他輕輕地嘆息：有些好孩子，不知怎麼後來變壞了，你看，這個孩子目前正在管訓，這個孩子去年自殺了，誰也不知道他為什麼不愛惜自己的生命，我是多麼愛惜他呀！

他就住在辦公室的隔壁，生活非常簡單，老來寂寞，夜裡常常失眠。每逢睡不著覺的時候就起來，打開電燈，專揀那些成材的學生看，愈看愈高興，然後，什麼煩惱都沒有了，倒在床上呼呼大睡。

該退休了，他和學校裡的幾個資深教師，同時辦理退休，別人都在計算拿多少退休金，他卻對著牆壁默默地計算他有多少學生；多少人成材，多少人不成材。

114

抗戰時期，敵後有兩支游擊隊的防地互相連接。甲隊有一個隊員跑到乙隊的防區去強暴婦女，乙隊也有一個隊員混進甲隊的防區搶劫，兩個人都在作案時被捕。雙方的領袖人物經過一番磋商，決定彼此交換罪犯，自行審判，並且口頭約定從嚴處決。

甲隊的司令官收到罪犯以後，立刻下令槍斃，可是乙隊收到了犯罪的部下卻馬上釋放了，不加任何處罰。甲隊上下譁然，大家都說：「我們的司令官怎麼這樣無情？」

這位鐵面無私、執法踐諾的游擊隊領袖召集全體隊員訓話，他問大家：「我究竟有什麼地方不對？」他又問大家：「對方背信縱囚，你們為什麼不責備他？」問得部下一個個啞口無言，可是大家心裡仍然認為他們的上司做錯了。

直到今天，我還常常聽見那位司令官的聲音：「我究竟錯在哪裡？我究竟錯在哪裡？」餘音繞梁，三十多年不絕。被問的人仍然不能答覆他，同時，也不能原諒他。

115

吃奶的孩子應該渾渾噩噩，天真未鑿。

有時候小孩子也沉默不語，兩眼出神，露出有思想的樣子，那副神情，實在教人覺得可怕。

116

酒家設在二樓。樓梯一級一級地鋪上去，盡頭是一團天藍色的燈光。那一級一級的樓梯，每一級上面都有一個圖案：橢圓形的線條圍繞著一團妖豔欲滴的「紅」，好像透明的酒杯裡面盛著葡萄酒，好像熱情的紅唇，也好像一顆打算奉獻給你的血淋淋的心。這個動人的圖案漆在樓梯的每一級上，人們踩著它上上下下，每走一步就踩死一個「溫柔」。

這樣的東西怎麼可以放在腳底下？這是殘忍訓練，怪不得人的心腸愈來愈硬。這些圖案是酒女的心，她們向酒客獻出心來，酒客卻踐踏它。這些也是酒客的心，獻給酒女，正好做她們的墊腳石。

117

新郎和新娘在同一個機關服務，由同事而相戀，由戀愛而閃電結婚。親友要求新郎報告經過，經過一番推託，新郎說：「我們機關的左邊是男職員宿舍，右邊是女職員宿舍。夜裡有一間辦公室的燈沒有關好，我們都看見了。我從男宿舍出發，她從女宿舍出發，都去關燈，我們同時進入那間辦公室。燈關了，可是人沒有馬上出來……」

118

走進一棟大房子，房子那麼大，人那麼少，有一種悲哀的感覺。

房子愈大，人口愈少。也許是因為房子太大而顯得人少，實際上人並不少。

大房子的光線總是很黯淡，更增加了悲哀的氣氛。如果所有的房間都通明耀眼，又給人什麼樣的感受呢？空虛、淒涼，甚至有些恐怖，我嘗過那滋味。偏偏有這麼多的人希望自己的房子愈住愈大。

119

「忘憂草」，它忘掉的是什麼樣的憂慮呢？
「含笑花」，它嘲笑的是什麼樣的對象呢？
「合歡山」，跟誰合歡？

也許是人看見那麼漂亮的草，忘記了自己的憂慮；人看到那樣純潔天真的花，不知不覺地露出自己的笑容。

情侶登山定情，合歡的也是人。

120

每天下午放學的時候，國民學校照例派幾個身材高大、反應靈敏的學生，在校門外的十字路口指揮交通，讓學童們安全通過。他們穿著童軍制服，揮著旗子，舉著棍子，吹著哨子，很像是那麼一回事。龐大的機動車輛在小小的權力之前十分馴服，令你從內心有一縷淡淡的甜蜜。

這天，颱風登陸，暴雨傾盆，校門外的馬路變成一條臨時的溪流。馬路的一邊，不知被什麼機關挖了一條深溝，雨水填滿溝內，又溢出溝外，在路面上潺潺奔流，一眼望去，分不清溝在哪裡，路在哪裡。涉水而過的汽車為了躲避行人，撲通一聲倒插在溝裡，只露出兩個後輪。涉水而過的行人為了躲避汽車，撲通一聲掉進溝裡，在水面上張大了嘴，高舉著雨傘。

那個小小的交通隊，有一個隊長。這位小小的隊長看見水溝害人，立即自動擴大了警戒的範圍。他們沿著那條潛伏在水下的深溝布置防線，警告所有的行人、車輛不要走近。

汽車經過身旁，濺起水花，像海潮一樣衝擊他們，他們渾身都濕透了，可是他們仍然站在那裡。

事後，這群英勇的孩子個個病倒在床上，有的患了感冒，小隊長卻害了肺炎。他們不但生病，也都挨了父母的罵；那些父母不但罵子女，還到學校裡去罵校長。

校長到醫院裡去探病，他把手放在小隊長的額上，說了一遍又一遍：「孩子，你幹得好，但是下不為例，以後千萬不要再如此了。」

121

有人得了一種怪病，忽然發抖。興奮的時候發抖，憤怒的時候發抖，憂愁的時候發抖，全神貫注的時候也會忽然發抖。無緣無故當著陌生人的面瑟瑟地抖，真是教人尷尬。

他到各大醫院檢查，醫生都找不出病源來。醫生對這個奇怪的病歷很有興趣，每年主動寫信給他做追蹤訪問，要求他再到醫院裡來檢查。年復一年，直到他頭上有了不少的白髮。

醫生問他：「還常常發抖嗎？」他說：「是的。」醫生又問：「那麼，現在跟從前有沒有什麼不同？」他仔細想了一想，鄭重地回答：「從前我是為了大事發抖，現在我是為了小事發抖。」

122

蝌蚪是血變成的。

從前有一個人，受了重傷，死在水邊。他的血液點點滴滴落入水中，變成蝌蚪。他死得好不甘心。

蝌蚪怎麼會是黑的呢？因為年代久遠。放置太久的東西總會變色。

有一天，蝌蚪會再變紅，那是當牠的仇敵的後代來到湖邊的時候。

123

有一個人，他在使用瓦斯爐時燒傷了手。經過外科醫生的緊急處理，傷口仍然很痛，痛得簡直忍受不住。

夜間躺在床上，傷口疼痛，翻來覆去睡不著。他忽然想起一件重要的事情要立刻叮囑太太，就把太太從睡夢中弄醒。太太驚慌地坐起來，以為出了什麼亂子。

「我有要緊的話告訴妳，妳要好好記住。火燒的滋味兒實在難受，所以，我死了以後，千萬不可以火葬。」

124

眼睛愈來愈近視了。醫生說：你必須戴上眼鏡。沒奈何，只好聽他的。

有了眼鏡，一切都看清楚了。樂隊演奏的時候，儘管音樂活潑熱鬧，樂手們的臉上卻掛著愁容。女人用唇膏製造出來的紅唇特別虛偽，唇膏的邊緣跟皮膚的自然顏色怎麼也連不起來。看花，看見花心有好幾隻蟲子；看書，想不到書上有那麼多錯字。

唉！何必看得這麼清楚？

125

我的朋友大半是作家，其中有一位文章寫得特別好，可惜產量太少，一個月只能寫出一篇文章。各報刊的編輯等他的稿子，等得心急難熬，就在一塊兒商量使他多產的辦法。這些著名的編輯說：「文學是寂寞的產物，要他多寫文章，先要讓他寂寞。我們想一個辦法把他送進監獄，那時，他除了寫文章還能做什麼呢？」

監獄裡面的床是軟的，他睡得很好；菜是香的，他吃得很飽；草坪很漂亮，他散步很舒服；管理員很和氣，難友很有人情味兒，他交到很多新朋友；監獄裡有體育場，唱片室，他的籃球投籃愈來愈準確，欣賞音樂的水準愈來愈高。

他的文章更少了，他根本不寫文章，因為監獄裡面的生活比外面更不寂寞。那是一座開放式的監獄。

126

每一個家族都有他生理上的特徵。且說這一家，這家的男子臉上都有一道紫色的血管，平時看不出來，一旦路見不平，臉上就出現一條蠕動的蚯蚓，顯得相貌凶惡，心懷叵測，引人疑忌。這道奇怪的血管代代相傳，沒有例外。人人不喜歡這副長相，因為人人喜歡和平柔順。結果這個家族的男人在社會上到處受到排擠，捲入是非，簡直不能立足。

一九四九年，這個家族陷在大陸，只有一個男孩逃出來。他知道臉上祖傳的特徵害了他，也會害他的子孫，就決心娶一個不能生育的女孩。他寧可到孤兒院裡抱養一個孩子來傳宗接代，使這條要命的血管從此失傳。他到了四十歲，才找到一個合乎理想的女子跟他結婚。他把內心的秘密、為後世子孫打算的計畫，告訴了太太。婚後不久，兩個人到孤兒院裡選孩子，選那天真善良的蘋果臉。挑來挑去，選中了一個，高高興興帶回家。

這個由孤兒院裡抱來的孩子長大了，能夠分辨是非善惡了，一旦看見強者欺侮弱者，壞人打擊好人，私心侵害公益，臉上的那條血痕忽然露出來。做父親的看見了，大吃一驚！驚訝得說不出話來。

做母親的也看見了這條血管，心中充滿了疑惑。既然他的家族只有他一個人出來，孤兒院裡怎麼會有一個孩子跟他具有同樣的特徵？難道是丈夫在結婚以前和什麼女人生下私生子，秘密寄養在外邊，現在又領回家中嗎？她哭叫，她吵鬧，她尋根究柢，逼迫丈夫招供。

儘管家中雞犬不寧，做丈夫的摟著孩子安靜地坐在那裡，好像沒有看見也沒有聽見。他輕輕地撫著孩子的臉，心裡想：不知道這是誰家的孩子，居然臉上也有這麼一道傷痕。原來這不是我家獨有的毛病，世界上還有第二家，推想起來也一定有第三家、第四家，也許有一千家一萬家。看起來，我們並不孤獨。既然這樣，我為什麼要處心積慮消滅自己的血統呢？我得好好撫養這個孩子，讓這條痕，這根血管，這種天性，這腔熱血，連綿不斷地傳下去，呼朋引類，同聲相應。

127

孩子不用功，成績單上出現大量赤字。父親憂心如焚，再三苦口叮嚀兒子要用功。唯恐兒子記不住，特別買狼毫、蘸濃墨、寫拳頭大的字，貼在兒子書桌的牆上。

吾兒，將相本無種，男兒當自強。
吾兒切記，少壯不努力，老大徒傷悲。
吾兒吾兒，三更燈火五更雞，正是男兒立志時。

書桌兩面靠牆，於是兩壁琳琅，貼滿了這些苦口婆心，孩子一抬頭，就可以看到這些諄諄告誡。可是他不抬頭，他坐在書桌前，每天低頭看武俠小說。有人問他：「你看了那些格言不感動嗎？」

他說：「那不是給我看的，那是他寫給自己看的。」

128

有一個人每天喝酒，喝出毛病來，向醫生求救。醫生說：「你必須戒酒。」病人說：「我不能戒酒。你集郵嗎？集郵的人想把郵票從信封上揭下來，得先用水把貼郵票的地方浸濕。有個人貼在我的心上，比郵票貼在信封上還牢。如果勉強揭掉，不是我的心受傷，就是把他撕碎。我不願意傷害他，也不願意傷害自己。我每天把我的心泡在酒裡，就像一個搜集郵票的人一樣。」醫生心裡想著排隊候診的許多病人，轉過頭來問護士：「他在說些什麼？」

129

古時候，人人赤腳走路，非常痛苦。有一個人打算織很多很多布鋪在路上，但是最後，他剪下兩塊布來包住自己的腳，於是發明了鞋子。

古時候，有人想做一個很大很大的帳篷擋住天上的雨，好讓大家在雨天外出的時候不會淋濕衣服。最後，這人用一塊布罩住自己的頭，於是發明了傘。

鞋子與傘流傳到現在，別的卻失傳了。

130

濃妝的女孩子不能流淚，流了淚也不能擦，因為臉上有脂粉、藍眼圈、假睫毛。

一切用得著的和用不著的東西都有人發明製造，為什麼沒有人發明女孩子專用的收淚器？如果有，新娘、演員、一切愛美的女孩兒，手提包裡都會藏一個，流淚的時候拿出來使用，可以解除很多困擾。

幸虧沒有，要是有了那玩意兒，人連流淚都要事先準備，還有什麼意思？

131

富翁被強盜綁去，勒索一千萬元。此人非常愛惜他的錢，堅決拒絕強盜所提的條件。

強盜們知道富翁有心臟病，就每餐強迫他喝一杯啤酒。酒精對心臟有害，富翁看見酒杯，神色大變，強盜一擁而上，捏著他的鼻子把酒灌下去。

第二天，酒精的成分升高，富翁被迫喝了一杯紹興酒。強盜對他說，你不肯出錢，我們不打你也不罵你，每天請你喝酒。富翁咬緊牙關仍然不肯屈服。第三天，強盜拿出來的是高粱酒，老遠就聞到一股強烈的酒氣。富翁臉色蒼白，四肢發抖，連連說：「算了，放我回去，我給你一千零一萬。」

132

兒子國文不及格，父親給他錢，叫他到國文老師家裡去補習。兒子把錢交給游泳教練，和他一塊兒下水。

父親知道孩子不肯用功，非常傷心，一整天吃不下飯去，說不出話來。他什麼時候想起這件事，就覺得眼淚往肚子裡面流。

後來，兒子參加運動會，奪得一面金牌，報紙把他的照片登出來，稱讚他是一條出水的蛟龍。親戚、朋友，連不認識的人都打電報到家裡來，向他道賀。父親高興極了，打心底覺得甜蜜，什麼時候想起這孩子當年是那麼頑皮、那麼不用功，拿了學費不去上課，什麼時候就抿著嘴笑。

133

半夜，警察巡邏，經過一條黑巷子的巷口。他靈機一動，想到巷子裡面看看。就在他一轉身的時候，巷子裡面響起一片劈哩啪啦的聲音。他進了巷子，看見滿地都是木棍。原來，有一個少年幫派正在這條巷子裡集合，準備械鬥。他們遠遠看見警察，就丟下手中的武器，倉皇逃避。

警員通過巷子，橫七豎八的木棍在他的皮鞋下面互相撞擊，發出清脆的聲音，木棍有長有短，又結實、又光滑，他順手拾起一根，帶回警所。

木棍使他愉快了好幾個月，那滿地狼藉的木棍，等於是一群惡少向他敬禮。

134

黃昏出門散步，走到一個地方，只見一片瓦礫。

這地方，看起來很熟悉，我以前分明來過。這是什麼地方？卻怎麼也想不起來。我以前來的時候，地上沒有瓦礫。這地方不應該是一片瓦礫。

我走到這片瓦礫中間，動手挖掘，想看看地面是什麼樣子。地，可以幫助我回憶。

扒開瓦礫，下面豎上來一根水柱，是一股晶色的噴泉。泉水噴上去，再落下來，好像一棵折斷的翠竹。

噴泉，是一個奇蹟。還有第二個奇蹟嗎？我站在旁邊等，等第二個奇蹟出現，等泉水灌溉那些破碎，破碎變成鮮花。

135

異鄉遊子在田野間漫步，面對一條小路，路的一邊是樹林，一邊是玉蜀黍田，路旁樹下還有一個小小的土地廟。

這條路很像是他家鄉的路，他家鄉也有這麼一條路，路旁也有樹林、玉蜀黍，樹底下也有土地廟。恍惚間，他覺得順著這條路走下去，就可以回到自己的家鄉。

路的那一端，樹林後面是電影公司的攝影棚，一部新片正在開拍。異鄉遊子過了小橋，進了城門，經過茶館，看見一棟四合房。他相信真的回到老家，他的故鄉就是這樣的地方，他就是在這棟四合房裡出生的。他的父親母親，姐姐哥哥，應該還住在裡面。三步兩涉踏進去，裡頭正在拍戲，他沒有發覺這是演戲，他望見一個老太太坐在太師椅上，就衝過去，撲在她的膝蓋上，哭起來。

劇本上沒有這一場，所有的工作人員都呆了，只有那個老太太知道這是怎麼一回事，就用手撫摩遊子的頭，輕輕地撫摩。她手掌很熱，眼睛很濕，閃閃發光。

導演也隨即恍然大悟。他先不下令驅逐這個闖進來的人，悄悄吩咐攝影師拍下老太太臉部的特寫。

事後導演告訴別人：「那幾個特寫鏡頭真動人！她從來沒有表演得這樣好。為了這幾個鏡頭，我要改劇本加戲。這幾個鏡頭一定能賣錢！」

136

兒子放學回家，必定經過一座大橋。媽媽在家做好了飯，還不見兒子的蹤影，就出門到橋頭去守望。

這座橋很寬、很長，中間隆起的部分也很高，各種車輛由橋上衝下來，真是一瀉千里。

第一天，母親站在人行道上，望著望著，只見一輛汽車飛馳而至，只聽得咔嚓一聲，車頭撞在橋欄上，緊接著嘩啦一響，擋風玻璃粉碎，車頭燈立刻亮起來，一閃一閃地好像眨著眼睛，看起來像是有驚無險。但是，車輪不動了，後面的車輛猛按喇叭，它也沒有反應。汽油從車子底下流出來，像一條爬蟲往前爬。慢慢地看清楚了，那不是汽油，是血。

第二天晚上，母親為孩子的安全提心吊膽，在家焦灼不安，不知不覺又來到昨天站過的地方。這天晚上，摩托車特別多，噪音廢氣使人耳聾眼花。橋頭平安無事，她拉著兒子的手，並肩回家。卻不料十字路口，一輛摩托車箭一樣朝著一輛計程車直射，像訓練有素的射手那樣準確，命中目標。摩托車上的人飛到空中好高好高，他在空中的姿勢好像很輕妙，落下來摔在斑馬線上比鉛塊還重。兒子很想看個仔細，媽媽轉過臉，連連地說：「不要看，不要看，趕快回家。」硬拖著兒子走開。

第三天，這位媽媽再也不到橋頭上去等人了，她過橋到對面去找房子。她找到了房子就要搬家，讓兒子放學以後不必過橋。

137

肥皂泡像少年的夢一樣迷人，也像少年的夢一樣無法抓在手裡。有人發明了一種膠水來代替肥皂，用這種膠水吹泡，你可以輕輕捕捉它而不至於破碎。可是，它一旦落在你的手裡，就舊了、皺了、縮了。除了弄髒你手之外，你別無所獲。

適合飄在空中看的東西，就該讓它飄在空中。握牢了，反而沒有益處。

138

由淨界到天堂，中間隔著一層火。

那些靈魂，因為生前在善惡之間徘徊觀望，遲疑不決，死後才到淨界來受苦。現在他們只要鼓起勇氣，衝過火牆，就可以到達極樂的天國。

無奈他們還是沒有這麼大的勇氣和決心，只有在淨界蹉跎光陰，讓火烤紅了他們的眼睛，側耳聽天堂傳來的音樂。

139

當年臨沂街是一個僻靜的街道。有一個臨沂人來到台北，看中了這條街的街名，就搭了幾間木板屋住在裡面。違章建築一直是都市計畫專家的眼中釘，也是地主的心腹之患。有人勸他搬家，有人強迫他搬家，有人拿出錢來引誘他搬家，一概置之不理，因為他是臨沂人，他想住在臨沂街。他最大的願望就是在臨沂街買一棟房子。

可是臨沂街的房子他買不起。問題就這樣拖延下來。有一天他的違章建築的房子起火，火勢很大，別人都說算了，這火沒有救了。他奮不顧身，燒得滿身是傷，撲滅火災，保存了房子的一半。

他躺在醫院裡，來探望他的親戚朋友都說他傻。他閉上眼睛不加分辯。他想：你們哪裡知道我的心意？依照政府的規定，違章建築如果被火燒光，不能在原地重建，所以我拚上性命也要救火，我要住在這條街上，我不能放棄這塊地方。

臨沂街愈來愈繁榮，蓋滿了高樓大廈。經過長期的觀察、反省，這個臨沂人也明白死占著別人的地方不是辦法，就同意接受補償，拆屋遷居。他到了東部，找到一座正在開發的小城，買了一塊地，跟建築商合建了幾棟房子。房子蓋在一條剛剛開闢的大路旁邊，這條路還沒有正式的名字。

經過一番奔走活動，地方政府接受了他的建議，給這條新路定下名稱，叫做「臨沂街」。

工人來釘路牌，他站在旁邊看，熱淚滔滔，膝蓋發軟。

他一直想下跪。

140

一位朋友跟我談起他家的狗。

通常洋狗總比土狗高貴大方，也聰明伶俐，可是洋狗容易走失，失去一頭洋狗，比失去一頭土狗損失更大。所以他在洋狗失蹤之後改養土狗。

土狗比較髒，有些動作也很下賤。例如洋狗會銜著拖鞋放在他的腳前，土狗只會把拖鞋咬壞。他天天看著眼前的狗，心裡想著從前的狗，愈來愈覺得不能忍耐，就把狗賣給香肉店，自己落個清靜。

有一天，他家裡太清靜了，小偷撬開鎖，登堂入室，翻箱倒櫃，把值錢的東西拿走。客廳的電視機上擺著兩隻瓷狗，和顏悅色地望著小偷進來，望著小偷出去，哼也沒有哼一聲。

他又懷念那隻土狗了，儘管牠的長相不好看，壞習慣也很多，但是，看家守門倒是十分盡心。

141

有一條河，名叫「忘川」，人喝了河裡的水，會把什麼事情都忘掉。

有一個湖叫「憶湖」，人若喝了湖裡的水，會把一切事情都想起來。

我帶著兩瓶水走路，走遍世界。然後我喝那瓶憶湖裡的水，把所有的經歷溫習一遍，再喝忘川裡的水，把一切忘得乾乾淨淨。

142

某某小學有一位級任導師，教學認真，態度嚴厲，哪個孩子的功課趕不上水準，他就用藤鞭打孩子的屁股。有時候他班上的五十個學生全體站著上課，因為屁股上不是新創就是舊傷，疼痛難忍，不能落坐。

做母親的看見兒子的皮肉又青又紫，內心十分疼痛，終有一天她們覺得忍無可忍，終有一天她們忍無可忍的情緒互相交流，終有一天這五十個媽媽集合在一起，浩浩蕩蕩來到火車站，等她們孩子的導師下班回家。那位嚴厲的教員剛剛走出車站，這些媽媽一擁齊上，文弱的指著他罵，壯健的抓住他的衣服就打。別人不知道發生了什麼事，車站上秩序大亂。

老師躺在醫院裡不能上課，他的學生排著隊伍來看老師，環繞病床前面痛哭失聲，驚動了各病房的護士，一齊給他們擦眼淚。

做媽媽的聽說孩子這樣愛他們的老師，才知道自己打錯了人，就帶著鮮花水果紛紛到醫院來道歉。

警察聽說在車站這樣重要的地方有人聚眾滋事，十分注意。著手調查真相，準備追究責任。

教育廳聽說今天還有教員以體罰作教學的手段，認為此風不可長，研究怎樣處罰這樣的教員。

這件事情太熱鬧了，使縣太爺有些不耐煩。他說，這件事如果你追究，可以弄得很複雜很嚴重，根本沒有辦法做妥善的處理；你如果大而化之，等閒視之，則天下無事，一切都是庸人自擾。古人說不癡不聾不能當家，就是這個道理。「現在事情既然鬧開了，我只好插手管一管。這樣吧，讓那個教員辭職，一個月以後讓他來見我，我把他介紹到本縣最大的企業裡面去服務，薪水比當教員高一倍。」

143

博物館裡陳列著一件雕塑，作品的題材是兩個十歲左右的男孩，看樣子他們經過長途跋涉，疲勞不堪，一個脫掉鞋子坐在地上，揉搓他的痛腳；另一個站著，斷了背帶的水壺拖在地上，裡面顯然已經沒有一滴水。兩個孩子的表情又累、又飢、又渴。站著的一個上身前傾，伸出右手指著前方，顯然是看見了希望，那坐在地上的也抬頭仰臉，從痛苦之中露出喜悅。

我站在這件作品面前，對這兩個孩子（其實也就是普天下的孩子）又愛又憐。我站的位置恰好是他們手指的目標，他們指著我、望著我，對我充滿了期望、祈求。我怦然心動，思量自己能夠為他們做什麼。他們在那兒指著每一人，每一個成人，每一個來參觀的人。

144

牛奶廣告推出一個胖嘟嘟的小孩子，廣告詞說：「你們快來買ＢＢ牌的奶粉啊！孩子吃了ＢＢ牌，又健壯，又活潑可愛。」

其實，在廣告裡面亮相的那個嬰兒，從來沒有吃過ＢＢ牌奶粉。

化妝品廣告推出一個千嬌百媚的美人兒，廣告詞說：「別忘了用ＡＡ牌面霜！長期使用ＡＡ牌面霜，人人都會像她一樣漂亮！」

其實，她是在拍廣告鏡頭之前半小時，才生平第一次使用ＡＡ牌化妝品。

真正吃ＢＢ牌奶粉的孩子，用ＡＡ牌面霜的女人，反而沒有機會被人家舉出來當作模範榜樣。

145

瀑布從山上流下來，奔騰跳躍，像是一個性情剛烈的大姑娘，甩著她的長辮子。

有一天在粗壯的臂彎裡，長辮子會安靜下來，只要那手臂夠長、夠壯，能夠抱得住她。

山來抱她。山以為自己夠偉大了，可是瀑布似乎沒有把他放在眼裡，她的每一分都是活力，每一寸都是個性，她跳著、叫著、嚷著，要把胳臂推開，從臂彎裡跳出去。

在山的後面，天也來擁抱她。天為了她不斷地下雨，把愛心藏在每一顆雨點裡，降在她身上，可是她仍然不肯有片刻的安靜，她的回報只是反抗、反抗、反抗。

明月在空中冷冷地探望她，看了一天又一天，一年又一年，看她總是長不大、不懂事。月亮更冷了。他冷冷地想，天來抱你，你都要推開，你到底想要怎樣呢？你能驕傲到幾時呢？

146

蠶到了該吐絲結繭的時候了。養蠶的主婦細心觀察每一個寶寶，如果哪一隻蠶的肚子已經變色透明，就挑出來送上蠶山。那發育不全的小蠶、無精打采的病蠶，不會結出好絲來，趁早隨手挑起，拿去餵雞。

一隻又瘦又小的蠶，躺在那兒。牠躺在那兒已經很久了，天天等待接受凶險的命運，可是，不知怎麼，挑蠶的手忙中有錯，也把牠送上了蠶山。在山上，別的蠶都興致勃勃地東奔西走，挺著牠們發亮的肚子，尋找自己認為最適合安身立命的地方。獨有那隻小蠶蜷伏不動，牠能夠來到這兒已經心滿意足了，牠覺得現在停留的地方非常美好，就全心全意準備結繭。

養蠶的主婦觀察蠶山，發現了這個漏網的小東西。咦，牠怎麼會在這裡？本想把牠挑出來，可是伸出去的手突然軟了。這隻蠶雖然比較小，但是現在卻通體透明。若是單看那透明的部分，那最肥最大的蠶也比牠略遜一籌。

後來收繭的時候，蠶山上有一個最大最漂亮的繭，是這個小東西結出來的。養蠶的人把這個特出的繭挑出來，單獨處理。他們小心翼翼地照顧牠，照顧裡面的蛹，照顧蛹將來化成的蛾，照顧蛾產的卵。明年養蠶的季節，把每一顆卵孵化成一條蠶，再小心翼翼地照顧下去。

可是他們很失望，這個繭雖然非常漂亮，裡面卻是空的，根本沒有蛹，當然將來也不會有蛾。

這個可憐的小蠶把牠的全身都化成絲，成繭之後，牠自己本身完全消失了。

147

你別瞧豬那麼笨，牠們卻能夠分辨出來誰是殺豬的屠夫。

狗也認識專門殺狗的屠夫，虎也認識專門打虎的獵人，這兩者之間有一種神秘的感應。

殺豬的人從豬圈外面經過，圈裡的豬個個伏在地上，閉起眼睛，哼也不敢哼一聲。殺狗的人如果經過一條巷子，每一家的狗都會忽然跳起來，兩眼發紅望著門外，有些狗會跟在後面，聞他的腳印，不斷地朝他的背影齜牙咧嘴。

如果是老虎，牠遇見了以打虎為業的獵人，就乾脆撲上去把他吃掉。

殺豬的人最驕傲、最光榮。你看，打虎的人被虎吃掉，這是笑話，打狗的人被狗汙辱，這是很大的失敗；而殺豬的人得到的是徹底的勝利。

148

在電信局工作的一個技工，非常非常愛他的女朋友，但是那女孩兒的父親非常非常不喜歡他，非常嚴厲地禁止女兒和他來往。

他寫去的信，一封一封退回來；他登門拜訪，對方閉門不納；他坐在巷口轉角的地方等她出來，無論等多長的時間，仍然不見她的影子。她是被她的父親拘禁了，她的臥室從外面上了鎖。

電信局的業務發展得很快，他經常是忙碌的，終於電線杆像農夫插秧一樣地插過來了，女朋友家大門旁邊就有一棵。電線把這一棵和數不清的那許多電線杆連接起來，線裡面從早到晚，擁擠不堪地傳遞著人和人之間的訊息，但是他沒有辦法把心裡的話告訴他的女朋友，她也沒有辦法把心裡的話傳達給他。

他爬上她大門外的電線杆，一面工作，一面想著這些，幾乎要發瘋了。

從那棵電線杆上下來，他回到辦公室，潦潦草草寫他的辭呈。他覺得他的工作毫無意義！

149

深夜，廣播電台播送音樂節目，唱片在唱盤上轉得很正常，值班的工作人員卻睡著了，他疲勞過度，忘記按下一個應該關好的電鈕。

這人有打鼾的習慣，他沉重的鼻息也變成電流，發射到九霄雲外，再經過折射，轉進家家戶戶的收音機。收聽這個節目的人，都不知道是怎麼一回事，心裡覺得很奇怪。

一個新派的音樂家聽見了，他忽然得到一個靈感，他動手研究製造一種伴奏的樂器，聲音跟他從收音機裡聽見的鼾聲差不多，他把這種聲音正式用在他的曲子裡。

他的曲子突然因此走紅。

這一種結果，連他自己也大吃一驚。

150

寡母守著獨子過日子，念念不忘怎樣教養孩子，她暗暗地盤算，這孩子的父親、祖父都是好勇鬥狠的人，一輩子，不，兩輩子都吃了硬脾氣的虧。老天保佑這孩子千萬不要跟他們一模一樣。

她隨時隨地利用機會影響孩子，有時候，娘兒倆談起往事，母親就對孩子說：「從前在咱們老家，鄰家的雞常常跑進我們的院子裡找食吃，到了該餵雞的時候，奶奶抓起糧食，大把大把往院子裡撒，任憑別人的雞跟自己的雞一塊兒吃個夠。有一天，鄰居來串門子，看見雞窩裡有剛剛生出來的雞蛋，就毫不客氣地一把抓起來，大聲嚷著：這一定是我們的雞生的。奶奶聽了，目瞪口呆，說不出話來。爺爺卻笑嘻嘻地說：不錯，不錯，這兩個雞蛋應該是你的，你拿去吧！」

後來，國文老師以「我的祖父」為題，要學生作文。這個孩子寫的是：「我沒有見過祖父，據說他是一個很懦弱的人，提起他來，我真有些不好意思，我將來絕對不會跟他一樣。」

151

節目主持人訪問他的特別來賓。

「請問你在二十歲的時候，最害怕的是什麼？」

「我嘛，二十歲的時候，什麼也不怕！」

「後來呢？比方說你到了五十歲，有沒有覺得可怕？」

「我在五十歲的時候，開始怕我的老闆。」

「後來呢？是不是你年紀愈大愈怕你的老闆？」

「那倒不然，六十歲我退休了，我開始怕兒子。」

「現在呢？現在你怕誰？」

「現在嘛，我現在七十多歲了，天不怕，地不怕，跟我在二十歲的時候心情一樣。」

152

在博物館看到一幅名畫，標題是「魚樂」，紙上畫著一條魚，連一滴水也沒有。在乾燥的池塘裡，魚怎麼能快樂得起來？

畫中的魚，生著鬥雞眼，好像有幾分神經兮兮，也只有神經病，才會在那種環境裡覺得快樂。

153

冬天，他想雪想得要命，同事從大屯山上帶下一捧雪來，裝在密封的保溫瓶裡，一路開快車下山，雪還沒有融化。

山下，雪漸漸化成水，消失了那一團美麗的白，真是可惜。

鄰居來，看見他因為失去了雪而顯得鬱鬱不樂，對他說：「瞧這裡，我有東西給你看。」他從家裡端出一碟子雪來，高高低低，堆成一個小小的雪山。

愛雪的人充滿了驚訝讚歎，問他從哪兒弄來的。他說：「不稀奇，我可以用我的舊式冰箱自己製造，你們用的是新式的無霜冰箱，在這方面趕不上我。」

154

一天開門八件事，人人希望好天氣。

什麼叫做好天氣？這看你的想法。清明節的好天氣是下雨，聖誕節的好天氣是下雪。

155

流浪漢逛夜市，在轉角的地方發現一間小屋很像他的故居，忍不住要進去看看。

小屋裡面有一個濃妝的女人，笑嘻嘻地拉住他的手，跟他並肩坐在床沿上。流浪漢心裡一陣悽愴：「我的太太現在不知怎麼樣了，但願她在多災多難的家鄉也能碰見好人。」想到這裡，不知不覺把對太太的憐惜、同情轉移到眼前這個私娼身上，就把錢包裡的鈔票全部拿出來，塞進她的手裡。

女人高興極了，一手握住鈔票，一手向他獻媚。恍惚間他覺得這是他在家鄉的太太向另外一個男人殷勤，想不到自己的太太這樣無恥！就站起來劈哩啪啦幾個耳光把她打倒在床上。鈔票撒了一地。

女人跳起來衝出屋子，對著夜市大喊：「你們快來呀，我屋裡有一個瘋子！」

156

一個單身漢跟著他服務的機關來到鄉下，一住三年。

這三年，長官派他在一塊荒地上種田養豬。為了工作方便，他在菜圃和豬圈之間搭了一間木板屋擋風遮雨，有時候夜晚就住在裡面。

他認為種菜養豬是女人幹的事情，心裡非常彆扭。久而久之，習慣了，他彷彿覺得自己已經變成一個女人。

澆完了菜，餵過豬，坐在小屋裡抽煙，夜間萬籟無聲，內心寂寞，不覺自言自語。他時而覺得自己是男人，時而覺得自己是女人，恍惚間他已化身為二，一男一女，男的是丈夫，女的是妻子，夫妻燈下閒話家常，他一個人談得津津有味。

三年後機關搬遷，他要離開他的菜，他的豬，他的木板屋，內心怏怏不樂。人家都上路了，他還沒有走，他要再看看他的小屋。他圍著屋子轉了幾圈，在屋子裡放了一把火。

這一把火變成野火，燎原燒起，燒光了一座山，燒紅了半邊天。

人人談論這場火。有人說，大火所以燒起來，是夜間走路的人丟了一顆香煙頭；也有人說這是盜伐森林的人縱火，湮滅他們的犯罪證據。

還有人提出別的猜測。

只有他，那個單身漢，一聲不響地抽煙。他把煙吸進去，閉緊嘴巴，從鼻子裡噴出來。

157

放乎中流，湖水澄清，什麼東西也沒有。

可惜，有人影。

其實，湖底有很多東西，只是人看不見罷了。

天上呢？天上也有很多我們看不見的東西，我們以為它「空」。

158

顧客走進豆漿店，坐下，對老闆說：「來一碗甜漿！」喝了幾口，顧客叫道：「老闆，再加一點糖，豆漿不夠甜。」

加過糖，顧客唏哩呼嚕一陣，又叫：「老闆，太甜了，再加點清漿。」

他來喝一碗豆漿，臨走，肚子裡裝進一碗半。

後來，在教堂裡，老闆和顧客碰了面，顧客握著老闆的手，很親切地說：「真對不起，我以前喝豆漿那麼囉嗦，存心想占你的便宜。我現在皈主了，昨死今生，重新做人，請你原諒我的過去。」

豆漿店的老闆也說：「我也一心皈主，改過遷善。以前你每天來喝豆漿，我都偷偷地朝你碗裡吐一口吐沫再端給你，現在想起來，後悔得不得了，也請你原諒我。」

顧客聽了，把手抽回來，出其不意地給老闆一個耳光，那清脆的響聲震驚了教堂裡所有的人。

「我不原諒你，」天天喝豆漿的人指著豆漿店老闆的鼻子說：「我到死也不原諒你，你去下地獄吧！」

159

「這座山，坐在那兒有多久了？」

「很久了，少說也有幾十萬年。」

「它為什麼不走開？」

「山永遠不會走開，山是沒有腿的。」

「山的後面是什麼？」

「聽說是大海。」

「這麼大一座山，占了這麼大一片地方，真是可惜；如果山能夠往後退，退到海裡，把海填平，那該有多好！」

「孩子，你要知道『知足常樂』，山倘若能夠往後退，它必然也能夠往前走，它只要往前走一步，就會把我們大家壓死。」

160

電視公司招考編輯，有一道題目是設計一個故事，表現一個庸醫。

有一張卷子寫的是：張醫生在馬路旁邊開了一家外科診所。一天，附近發生車禍，路人慌慌張張把受傷的司機送來，司機已經昏迷不醒。張醫生認得他是誰。

張醫生心裡暗想：這個人是我的仇敵。電影、小說常常描寫醫生救活了仇人的生命，我可沒有那麼偉大，不過，我也不能害死他，那樣要負法律上的責任。再說，我的良心也會不安。

他斷然對送醫的人說：「司機的傷勢很重，有生命危險，我這裡設備不夠，可能延誤救治，你們趕快把他送到對面的李外科去。」那些見義勇為的人聽了，不敢怠慢，抬著滿身是血的司機離開。

張醫生的心情輕鬆下來。李外科常常把人醫成殘廢，或者乾脆著手歸陰。

最後，說故事的人問觀眾：「這兩個醫生，哪一個是庸醫？」

161

農夫全家逃難，田地、房子、門前門後的大樹都無法帶走，單單隨身帶走了兩張蠶的種子。

愈逃愈遠，由冬天逃到春天，還沒有還鄉的機會。天氣漸漸暖和，化不開他心頭的一塊冰。

有一天，他看見滿牆都是黑色的小蠶蠕蠕爬動，覺得非常奇怪。仔細一看，原來是蠶的幼蟲。他帶出來的蠶種，在他不知不覺中孵化了。密密麻麻的蠶卵不見了，剩下兩張白紙。

看幼蠶，忽然覺得生意盎然，有了重建家園的勇氣。

162

一個人從來不生氣。

他說：「我也常常吃氣，不過我不讓氣留在胸腔裡，我向下推它，把它推到肚臍眼周圍，讓它在那裡發熱，暖我的肚子，所以我的肚子從來不受寒。」

他說：「氣特別多的時候，我還可以把它推到橫膈膜以下，推到直腸門口，當作屁放出來。」

163

最後生出來的大牙叫做智齒。

這時候，我們所有的牙齒都已經生長齊全，功能正常，這個牙生或者不生，實在無關緊要。

可是，這個牙還是要生，而且生得非常痛苦，它在衝破牙肉脫穎而出的時候，讓我們生一場小病，有些人要進醫院開刀，幫助它成長。

我們的牙齒上下成對，相互咀嚼。可是，有時候智齒的下面沒有夥伴，它獨生獨長，落落寡合。驚天動地生出來，實際上並沒有多大用處。

這個牙齒既然孤立在所有的牙齒之外，下面並沒有一顆對等的牙跟它切磋琢磨，它就長得比它旁邊的牙齒稍長一些，我們吃東西的時候，別的牙齒碰撞它，也可以說它多出來的部分妨礙別的牙齒咀嚼，它特別容易磨損、受傷、生病。

最後，只有拔掉，拔掉的時候，我們又要生一場小病。這就是「智齒」。

164

我記得我到過易水，「風蕭蕭兮易水寒」的地方。

再仔細想想，我並沒有到過那裡，我只是做夢夢見。

易水並不寒冷，像從溫泉裡流出來的水一樣，水面上罩著一層騰騰的熱氣。但是毫無問題這是易水，人人都這麼說。

我沿著河邊走下去，看見水流彎曲的地方豎著一塊大字木牌，上面寫著「易水溫泉旅館預定建地」。

靈感補

1

作家西西在一首詩裡說，鯨魚見了蝴蝶，連忙沉入深水，唯恐蝴蝶攜帶的花粉落進他的眼中。這麼一說，你我想起魚永遠睜大了眼睛，也不眨一下，平時你我也曾想過，幸虧牠在水中生活，可以不受風沙侵襲，這樣的念頭一閃，也就過去了。西西把鯨魚，蝴蝶，花粉，這三者連結起來，使讀者進入童話的境界，鯨魚怕蝴蝶？獅子也怕老鼠，有趣，蝴蝶和鯨魚的對照，比獅子和老鼠的對照，更有美感。

2

沈臨彬的詩：戰爭齜著牙齒／用火摺子燒他的脊梁／那條河痛成現在的樣子。詩人把河流的彎曲說成痛苦的扭曲，痛苦的原因是戰火「燒」成，這也是想像力的撮合。想像力使詩人創造新境，完全脫出陳套，成語迴腸九轉不能相比。大腸小腸本來就迂迴曲折，脊梁是直的，大腸小腸都柔軟，而脊梁是硬的，脊梁彎曲和大腸小腸彎曲不在一個層次上。

再看詩人的修辭：他用擬人格，彼亦人子也，我們才有切膚之感。戰爭面目猙獰，他用「火摺子」行凶，以我們從武俠小說得來的知識，火摺子用手一抖就可以取火，行為犯禁的人在黑暗中使用，非常方便，使我們想到戰爭既輕率任性，手段也不光明正大。火摺子不燒別的部位，燒脊梁，這是千古得未曾有之奇刑，詩人用作隱喻，戰爭摧殘人的操守，原則，信念，品格，使人倒在地上掙扎，昂藏之軀扭曲如蛇，再也沒站起來恢復原狀。這不是燒「一個」人，為了使每一個讀者覺得「燒」在自己背上，詩人硬是用了「他」，單數。這不是尋常的痛苦，撼天動地，以致受苦的人化成一條彎曲的河流，讓天下後世看看不朽的形象，「河」都痛苦成這個樣子，「人」怎麼受得了！我們幾乎要合起詩集，呻吟顫抖。

3

這句話是什麼人說的？「當一個人凝視石堆，想像著大教堂的畫面，石堆就不再只是石堆。」是啊，杜甫凝視江邊的殘壘，那殘壘就是英雄的遺恨；申公凝視河岸的鵝卵石，那些鵝卵石就是萬頭攢動的聽眾；耶穌凝視堆放在街角的石頭，那些石頭就是高聲呼喊的被壓迫者；游擊戰士凝視山中的亂石，他看見手榴彈；飢餓的人看見手邊的石塊，他看見麵包。農民詩人余秀華說：「以楊柳的風姿搖擺人生的河岸。」那楊柳就不是楊柳了，隱地說：「咖啡以熱烈的香氣迎接杯子的邀請。」那杯子不是杯子，咖啡也不是咖啡了。

4

想像啊！你的名字是靈感，靈感啊！你的名字是創意。余光中有一首詩，大意是說，午夜醒來，發覺床頭高處有竊竊私語聲，原來是結婚照中那兩人正議論躺在床上睡覺的這一對。照片中為四十年前初婚的新人，眼前卻是結褵四十年、頭髮已霜雪，容顏已滄桑的老夫老妻。我讀了這首詩，馬上跑進臥室看自己的結婚照片，我想到今日之我憐惜昔日之我，如同憐惜子孫，想到昔日之我談論今日之我，如同談論古人。照情理想，他們是我青春時期的蟬蛻，相見不相識，但「想像」往往超出常情常理。

5

陳義芝有〈燈下削筆〉一詩，削筆，我想到的是削鉛筆，當年詩人愛用鉛筆，因為詩要反覆修改。在書寫之前慢慢削筆，欲語還休，或書寫之後又在削筆，言不盡意，煞是好看。

文言「筆則筆，削則削」，削筆可解為寫成之後又銷去，刀刀見骨，而骨何言哉！詩人多隱，所隱者大，所諱者深，費人思索。

削筆的背景是燈下，這支鉛筆應該是黑色，夜深沉，意象也深沉，黑白攝影的意態，前人曾說黑白的藝術性優於彩色，我想也要看題材。「筆則筆，削則削」，所筆者唯恐不盡，所削者又唯恐不滅，壓上千古不得已者心頭。

詩的末段：「乞求了解的心，先跪下，像夜雪飄零。」原來是個雪夜！既用比喻，未必要眼前實景，任何一年的夜雪都可以拼貼使用，但我願意設想削筆之夜真的有雪，無論如何不會是春江花月夜。什麼事乞求了解？了解「筆」還是了解「削」？求誰了解？「跪下」，這是屈原問天的姿勢。此心飄零如雪，想起「文章千古事，得失寸心知」，杜甫的名句，很自負，我總覺得淒涼。

6

某年冬天，洛夫隨團到韓國訪問，夜宿旅社，有詩〈午夜削梨〉。

又是午夜，詩人的睡眠時間好像很短？白天，參加訪問團排好的日程，一顆心是散文的心，小說的心，夜晚才有詩心。此時「冷而且渴」，對白天公式化的活動並不滿足？韓國冬天比台灣冷，台灣民間有個說法：「颱風就是台風，韓國就是寒國。」梨性寒，水分多，又在冬夜，所以「觸手冰冷」，詩人心目中的韓國意象？

下一句也許更重要：切梨，「一刀剖開／它胸中竟然藏有／一口好深好深的井」。冬夜臨深井，詩人聯想到普遍的人性？是否包括此行對韓國的印象？也許因為天氣太冷，傳聞那次訪問並不圓滿，當然，這種考據對詩並無意義。然後，吃梨，用「戰慄著」形容味覺，代替別人用濫了的飲冰齧雪，回到寒冷。

詩也有高潮和最高潮，經過切梨、吃梨的兩番起伏，結尾是「刀子跌落／我彎下身子去找／啊／滿地都是我那黃銅色的皮膚」。最後才寫削梨，前面有伏筆：那只梨「閃著黃銅膚色」。一聲「啊」，調門突然拔高，回聲震動四壁，情感彷彿沸騰。中國韓國都是黃種，都像梨，都用皮囊包著一口深井。何止中韓？普世眾生，誰的意識、潛意識都是不可測量的黑洞。

7

瘂弦的〈鹽〉，好像被許多愛詩的人忽略了。這首詩的第一段，詩人以愚騃的口吻，半說半唱的語調，讓我們聽見「二嬤嬤壓根兒也沒見過退斯妥也夫斯基。春天她只叫著一句話：鹽呀，鹽呀，給我一把鹽呀！天使們就在榆樹上歌唱。那年豌豆差不多完全沒有開花」。

「嬤嬤」可以概指出身卑下的老婦，一聲「二嬤嬤」，詩中不需要再交代地理環境。窮鄉僻壤，負責把全家餵飽的人嚷著要鹽，也就是要糧食，要生活必需品，豌豆不開花，沒有收成，情況緊急。退斯妥也夫斯基，俄國的小說家，有社會主義思想，以作品控訴貧富不均，窮苦的二嬤嬤從未見過這樣的人，也就是當世缺少這樣的人。「天使」可以指宗教，也可以指高官貴人，丈八燈台，光芒四射，燈台下面一片漆黑，二嬤嬤呼救的時候，他們並未救苦救難，只顧自己唱歌。不說要米而說要鹽，不說人道主義而說退斯妥也夫斯基，不說居上位者而說天使，這就是瘂弦當時受人稱道的超現實風格。

這是全詩的基調，以後兩段是這一段的變奏。第二段，二嬤嬤繼續叫喊，鹽出現了，在七百里外，運輸途中，駱駝背上，方向並不是朝著二嬤嬤而來。天使有了回應，「嬉笑著把雪搖給她」，雪的形狀和顏色像鹽，「撒鹽空中差可擬」嘛！但是雪冰冷，可供披裘擁爐的謝公子欣賞，對飢餓的二嬤嬤（和她的家人）只是惡作劇。

第三段又是第二段的變奏，第一句拈出「一九一一年黨人們到了武昌」，點破時空背景，我們從詩人用退斯妥也夫斯基、天使、榆樹、駱駝隊等等營造的異域幻境中跌落，超現實就是現實，二嬤嬤近在身邊。也許黨人來得晚了，也許黨人的空言多於實際，以致「退斯妥也夫斯基壓根兒也沒見過二嬤嬤」，二嬤嬤還是自殺了！瘂弦、瘂弦你真狠，你讓她用裹腳布上吊，她連自殺可用的資源都如此貧乏！瘂弦、瘂弦你真沉痛，年老的讀者都知道，女子一經把腳裹「死」，終身不能解放，倘若離開裹腳布，腳趾疼痛難忍。二嬤嬤決心一死，裹腳布可以改變用途了！瘂弦、瘂弦你真聰明，你使現實變形出現，不觸時忌，由讀詩的人相會於心。

全詩都用愚騃的口吻，半說半唱的語調，使人想起「人生像一個傻子說的笑話」，也想起「詩是醉漢的喃喃自語」。全詩第一段是基調，以後一再反覆，每一次反覆都增加一些內容，詩的張力螺旋形升高，使人想起音樂。不過詩的結尾是「那年豌豆差不多完全開了白花」，瘂弦、瘂弦，你的心眼兒真好！

8

流年並非偷換，它走過來，走過去，不斷大聲吆喝。那一個一個節氣，一個月一個月帳單，一波一波紀念日，對了，單說紀念日吧，二月有個濕地節，注意啊，現在水鳥沒有家，將來你我也沒有家。又有一個情人節，修補人和人的關係啊，它最禁不起損耗。三月有個愛耳節，又到了檢查聽力的時候，月底有個水節，知道嗎，幾十年後我們也許無水可用。……直到年底，這一天提出警告，吸煙的人又增加了多少，也就是說、心肺疾病的患者又將增加多少，那一天又提出警告，森林的面積又縮小了多少，也就是說、水災旱災又將增加多少。

當然，歲月並不都是這樣黯淡。新年來了，一片恭喜之聲，二十四番花信風吹過來了，萬紫千紅，又是一年浮瓜沉李，又是一年綠蟻新醅酒，紅泥小火爐。還有你的六十七十大壽呢，還有你家的弄璋弄瓦之喜呢，還有新屋落成，簷前燕燕于飛呢，還有你中過獎、和過滿貫、看你的情敵落髮為僧呢。年華似水流過的時候，你還和它握手，擁抱，幾乎要隨它同行呢。你也送過舊，迎過新，放過鞭炮呢。

流年並非脫掉鞋子、躡手躡腳、像一行小老鼠走過，它是前呼後擁、人喊馬嘶、像火災一樣出現。有一個人受不了那一波一波奪神喪魄的噪音，乾脆把自己弄成聾子，有一個人不能發現這個場景，最後變成呆子。

9

據說，「勝利」有一百個爸爸，「失敗」是個孤兒。

這句話到底是誰說的？名言也有一百個爸爸。

我想失敗也有一百個爸爸，只是都不肯出面認領。

勝利也許只有一個「生父」，其餘只是伯父、叔父、義父、姑父、姨父、教父，一擁而上。

「勝利」自己絕口不提那些人，他說他的父親是天父。

10

北島：「卑鄙是卑鄙者的通行證，高尚是高尚者的墓誌銘。」

不滿意嗎？這樣的結局已經難得。你可曾設想，卑鄙者的墓誌銘是正直，因為他成功了，高尚者的墓誌銘是卑鄙，因為他失敗了。

寫墓誌銘也得有一等手筆，有人以此為常業，你可曾設想，他是什麼樣的心情，抱著什麼樣的人生觀？

11

喬治·艾略特：「一條年老的金魚，一直到死都保持牠年輕時的幻想，認為牠能游到玻璃缸外面去。」

是嗎？這要看那條金魚受的是什麼教育。咱們人類受的教育是「行者常至，為者常成」，還有「不怕慢，只怕站，不怕站，只怕轉」。其實人生在世一輩子都在轉，小說家把這個現象約化為梁山泊的英雄，大觀園的美人，詩人再把英雄美人約化為玻璃缸裡的金魚。

金魚是否有幻想？年老的金魚是否保持年輕時的幻想？金交椅上的好漢或繡閣香閨裡的十二釵最後能大徹大悟，魚沒有這個能力，豈不要含恨以終？詩人如此設想，我總覺得他虐待了金魚。

詩人以虐待金魚展現原創力，想想看吧，你還能找到那些東西可以虐待。

12

李商隱：「龍池賜酒敞雲屏，羯鼓聲高眾樂停。夜半宴歸宮漏永，薛王沉醉壽王醒。」

先說本事，唐玄宗賜宴，許多嬪妃、許多臣子都到了，姪兒薛王和兒子壽王也到了。「三千寵愛在一身」的楊貴妃，自然和玄宗坐在一席。這首時的前兩句描述宴會熱鬧，第三句說散席以後長夜漫漫，最後一句說，別人回去都睡得很好，唯有玄宗的兒子壽王整夜失眠，為什麼？因為楊貴妃本來是壽王妃，玄宗硬是侵占了兒媳婦。「薛王沉醉壽王醒」，歷代詩評家都很稱讚這個「醒」字用得好，深刻，含蓄，諷刺。

李商隱是唐代詩人，他能這樣寫出一個「醒」字，李唐王朝的文網好像很寬鬆。不過，這樣一個題材用一個「醒」字打發掉，還是可惜了，這個「醒」字可以發展成一篇意識流小說。

我讀到的歷史小說，大都不脫章回體裁。想想看，歷史上很多題材適合使用意識流手法，像後來玄宗的「夜雨聞鈴斷腸聲」，像後來文天祥的「惶恐灘頭說惶恐，零丁洋裡嘆零丁」。

13

「人生是一道汙穢的川流，要能涵納這條川流而不失其清潔，人必須成為大海。」

這話是尼采講的，三十年代，中國，尼采的每一句話都是文藝青年的聖經。五十年代，虞君質以「海」為劇名寫了一部大戲，劇中一個女孩子在暴力下失貞，從悲痛中走出來，對自身不幸的遭遇說了一個比喻，好像有人把汙穢之物丟進大海，大海依然清潔莊嚴。

可是現在環境汙染的問題嚴重，「大海有真能容之量」？大海也有不耐煩、受不了的時候，「大自然反撲」之說代替尼采的名言，這種反撲也像被壓迫者的暴力革命，過當，無理性，突然爆炸。例如海嘯，二〇〇四年發生的南亞海嘯，對東南亞及南亞地區造成巨大傷害，死亡和失蹤人數超過二十九萬。

人以想像力把種種天災當作大自然的「反撲」，認為大自然也有人格，研討如何改善雙方的關係，倒也是一件有趣的事情。現在對科幻小說有興趣的人越來越多了，必焉有人寫出人和大自然的談判、角力、和解、破裂，以及云云。

14

猴年，到處有猴子的照片和畫像，有機會仔細看看猴子。

猴子的確像人，其實所有的動物都像人，至少牠的某一部分像人，或者牠在某個時候像人。豬，當牠站立不動的時候，單看牠的眼睛，像個受苦的思想家。雄雞，當牠左顧右盼的時候，像擊退敵人餘悸猶存的軍官，牛，辛勤耕作，牠是四肢服從、眼睛反抗的漢子。鳥，幫助作家創作了「小鳥依人」這樣的成語。狗，產生「徐青藤門下走狗」這樣的傳言。

也可以說，人很像禽獸，某種人像某一種禽獸，或者人在某種情況下像是某一種禽獸。

「眾生平等」、「眾生一體」之說，也許是從這裡得到靈感？除此之外，我也替他找不到別的證據。

15

詩人黃梵寫鬍子，開篇第一句就以好奇的口吻指出，它一直往下長。作家要有好奇心，沒有好奇心，鬍子朝下生長理所當然，無話可說，有了好奇心，從「當然」中尋找「何故」，就有了以下四問，耐人尋味：

「是想拾撿地上的腳印？」鬍子和腳印都是成長的痕跡，兩者之間或有感應。

「是想安慰被蚯蚓鑽疼的耕土？」歲月流逝，留下傷害，包括開發對大自然的傷害。

「想弄清地上的影子，究竟有沒有骨頭？」鬍子如籌碼，有本錢探索生命的奧秘了。「想長得像路一樣長，回到我初戀的地方？」鬍子如結繩記事，忍不住拈斷幾根，「我思故我在」。

詩末兩句：「它也像一根根鐵鍊，把我鎖進了中年。」按，詩人一九六三年出生，既稱中年，此詩應是五十歲左右所作，我在他五十二歲時讀到，應該是相見恨晚了。我也有過五十歲，每天也刮鬍子，有感興，彷彿和鬍子對話，他想到的、我怎麼都沒想到！

16

史學教授王成勉邀約同道多人座談，解讀《蔣介石日記》中宗教信仰的部分，話題十分新鮮。

據報導，參加座談的學者指出，蔣氏一生有幾個最痛苦的時間，如一九四四年和史迪威決裂，一九四六年簽訂中蘇友好條約。日記顯示，蔣公在面對痛苦危難時，從《聖經》和祈禱中得到啟示和支持。

蔣氏一生，似乎嚴肅多於輕鬆，堅忍多於快樂，他當年常說一句話：「寒夜飲冰水，點滴在心頭。」其中應該含有基督教的成分。說到蔣氏最痛苦的時期，我覺得不能遺漏了一九四九年他敗退到台灣的時候，他一再說：「我無死所矣！」他和夫人同登玉山，置身「只有天在上」的孤絕之中，讀《以賽亞書》：「壓傷的蘆葦他不折斷，將殘的燈火他不吹滅。」我們可以想像這兩句經文對他的意義。

新聞報導轉述王成勉教授的話：蔣氏日記中多次提到他受到神的感召、啟示，甚至還有和神溝通的經驗，但都沒有更多的資料可說明細節。這倒是我們當時生活在台灣的人完全不知道的事情，這個保密工作做得好！可以想像，如果這些細節當年公布了，或者由教會故意洩漏了，不知道台灣當年有多少天父附身，天兄降世，故事可就多了。

給蔣介石寫傳記的人，可曾這樣想過？

17

新聞報導說，座談會中有人標舉蔣氏伉儷引領三個重要的人物皈依基督，這三個人是張學良、孫運璿、尹仲容。我想應該加上一個人，或者應該首先提到這個人，蔣經國。王教授說蔣氏日記中對於「經國受洗」有豐富的描寫，提及自己為此而感動謝恩，也談及一年來和經國共同禱告，最後由其自定受洗。

蔣經國是蔣介石之後關係台灣禍福的人物，他的蘇共背景，他的特工經歷，都曾經令人惴惴不安，可是上台以後他完全變了一個人，他的觀念為什麼會改變？似非一句台灣人民的壓力所能完全解釋。可以想像，既然蔣經國對基督教的投入這麼深，豈能船過無痕？如果基督信仰也對他起了潛移默化的作用，他家老太爺可謂用心良苦，台灣人民可以算是進入上帝揀選的名單了。

給蔣經國寫傳記的人，可曾這樣想過？

18

「東坡肉」是一個文人的私房菜，從蘇東坡的性格和當時的環境推斷，它的做法應該很簡單，後來落入專業廚師之手，工序和作料就複雜了。如果東坡先生今日復活，他會吃到他從未吃過的東坡肉，他怎麼想？

他喜歡吃肉，下放黃州那些年，尤其愛吃豬肉。他享年六十六歲，或者六十四歲，後世惋惜他死得早。倘若東坡今日復活，有血壓、膽固醇之類的常識，出席今日詩人的歡宴，重逢當年百吃不厭的紅肉，他舉起筷子，會怎樣想？

秦始皇雖然並未把阿房宮蓋好，他確實建造了一些規模比較小的宮殿，也很奢侈華麗，後世數落他的罪狀，用阿房宮的工程概括代表他大興土木勞民傷財。如果秦始皇也能在今日重遊西安咸陽，他當然重遊阿房宮的舊址，他當然看見今人已經在那裡建造了一座阿房宮，他做夢也沒想到，阿房宮可以如此宏偉壯麗！除了阿房宮之外，西安市還有許多高樓大廈，園林亭台，種種奇形怪狀，奇技淫巧，奇思妙想，尤其到了夜間，霓虹燈打開，人間恍如天上，秦朝那些良工巧匠，不過把各色油漆塗在木材上而已。他會怎樣想？

19

「客從遠方來，遺我雙鯉魚，呼兒烹鯉魚，中有尺素書。」我當年以童心初讀此詩，以為這位太太真的在做清蒸魚的時候發現了丈夫從戰地寫來的家信。

後來知道，古代沒有今天的郵政，通信困難，漂泊的人偶爾託另一個漂泊的人順路帶信，寫信的人要向受託帶信的人「再拜」，相當隆重。家中思念遠人，盼望音訊，不免生出種種幻想。

後來知道，這一雙肚子裡藏著家信的鯉魚，乃是用木板做成的「信封」，家信寫在絹上，夾在裡面傳送。我不大喜歡這個事實真相。後來知道，漢朝派蘇武出使匈奴，遭匈奴扣留，歷史上多了一件堅苦卓絕的故事：蘇武牧羊。漢朝派使者向匈奴要人，匈奴說蘇武已經死了，漢朝的使節說，皇帝打獵的時候射下一隻大雁，雁足上綁了一封信，說是蘇武還在北海的冰天雪地中牧羊，匈奴大驚，釋放蘇武歸漢。我覺得匈奴的領導人很可愛，他還相信童話。

後來知道，《世說新語》裡面有個人，姓殷名浩，他出京到地方上去做官，京中約一百人託他帶信，他把這些信都丟進江中了事。這時候，紙筆應該很普遍了，我又希望這些信仍然夾在魚形的雙層木板裡，每一封信都是魚，各種形狀，各種顏色，在江水中浮浮沉沉，順流而下，這個畫面才配得上這位南朝名士。

還有許多事，需要後來知道。

20

新書發表會是辦喜事，作家是新娘，是重心，是焦點，是主角。出版社老闆或者文學刊物的主編是儐相。辦喜事要有來賓，僑社領袖、文化長官是貴賓。新娘要坐花轎，花轎要有人抬，新書發表會裡裡外外多少文友幫忙，都是文學轎夫，都是無名英雄。既然有文學新娘，有沒有文學婆婆？有沒有文學小姑？文學是個大家庭，倚老賣老的，撒潑耍賴的，搬弄口舌是非的，早晚也要冒出來。

21

來到書法聯展的會場，滿眼都是老頭兒，出門在外跑碼頭不興留鬍子，可是斬草不能除根，那唇上一把青，唇下一把青，分明俱在。

未看牆上的點撇捺，先看臉上精氣神，書法家都長壽，平均壽命比高僧多七年，比皇帝多一倍。寫字也是運動，四肢百骸都用力；寫字也是養氣，五臟六腑都受用；寫字也是修行，清心寡欲，脫離紅塵煩惱。

再看四壁琳琅，每一筆一畫，都是靈芝仙草，每一個字都是長壽的密碼，每一幅字都是長壽的宣言，每一位書法家都如日之升，如月之恆。這些對聯，條幅，橫批，斗方，互相呼應，來一次長壽大合唱。

座中年紀最大的前輩一百零三歲，他的夫人，也是書法家，一百歲。應該有人為他們寫一副對聯：西望瑤池降王母，東來紫氣滿涵關。同門同好加上弟子，都是長壽的人，這真草隸篆，顏柳歐趙，都是你們的長城，都是你們的宮殿，一步踏進你們的領土，我覺得伐毛洗髓，飄飄欲仙。

長壽有秘訣，百家爭鳴：要長壽，吃羊肉。要長壽，多看秀。要長壽，來念咒。要長壽，走透透。來到書法聯展的會場一看，要長壽，別管合轍押韻，去買幾支毛筆。

22

名言翻案

己所不欲，勿施於人。——孔子

怎麼？如果我認識一個女孩子，她對我不合適，我難道不能介紹給朋友嗎？

如果你的女朋友改名瑪麗，你怎可再送她一首〈菩薩蠻〉？——余光中

仍然可以。自來作家藝術家名義上把作品送給這個獻給那個，實際上都是寫給大眾讀者的。

家庭的幸福都是一樣，家庭的不幸卻各有各的不同。——托爾斯泰

沒有家庭幸福的人才會這樣說，其實家庭的幸福也千滋百味。

演講如女人的裙子，越短越好。——林語堂

越短越好？不想想大腿的長相嗎？

一個人應當像一朵花，不論是男人女人。花有色香味，人有才情趣，缺一不可。

——冰心

成吉思汗像什麼花？

23

北島有一首詩，題目是〈生活〉，整首詩只有一個字，「網」，人稱一字詩。我覺得這首詩並非一個字，而是三個字，單是一個「網」字不能成詩，必須連題目「生活」也加進來。

陶淵明稱世俗為「塵網」，北島描述現實生活為「網」，兩大詩人所見略同。網

字簡體作网，字形由小篆移來。書法家寫小篆，基於藝術上的理由，有時在裡面寫四個X，更是宛如張網以待的圖畫。

古人受道家影響，認為「網」是束縛，是陷害，這個網是網羅；今人另有看法，「網」是連結，是交通，這個網是網絡。

道家之網可以脫離，只要北窗高臥東籬採菊就可以了，現代社會學家的網無法脫離，我們終身都在其中，陶淵明生了病也得進城求醫，由鄉到城這一段路就是網上的一段「線」，他和醫生會面就是網上的一個「結」。由此類推，上班出差旅行搬家無非線也，開會赴宴接電話寫八行無非結也。

現代人天天忙著結網，把別人結進自己的網，又將自己融入別人的網，有網有我，無網無我。退休的人為什麼得憂鬱症？他忽然發現自己沒有網了！如此，可以有另一首詩。

24

田新彬女士的散文：〈與一隻流浪貓相遇〉，家中無意養貓終於養貓。主婦無意養貓，由於以前受過許多「失去」的痛苦，避免再造因結緣，但是人貴有情，誰能寂滅，終於愛上那隻貓，毅然擔當「愛別離」的後果。

一隻貓上升為寓言，想想咱們流落異邦的人，當初勘破塵緣，大割大捨，其中多少人再也不願「養貓」了，但是一旦貓找上門來，多少人從頭做起，把以前丟掉的又撿回來！

最動人的一段話乃是：

啊！我突然明白了，牠絕不是一隻天生的流浪貓啊！牠一定曾被人愛過、寵過，也曾大剌剌地臥在主人膝上打過盹，這些美好的回憶才是支撐牠拚命想進到屋子裡，想與人親近的原因啊！雖然吃了那麼多苦，牠仍然鼓起最大的勇氣跳上我的膝頭，牠是想回到昔日，回到那美好的從前啊！

可以失望，不能絕望。可以遺失，不能拋棄。可以停止，不能終止。有此一念，天地間多少文章。

25

讀游書珣的一首詩，長段落無標點，任憑讀者依自己的情感、體會和語氣點斷，可以點成好幾個版本。或者依某些現代詩人的主張，意識本來沒有秩序，標點是人工強加上去的符號，乾脆不要使用。

原詩不能全抄，我認為最精采的一段是：「安靜的夜裡全世界彷彿都懷孕了——天空懷著無數顆星星大地懷著四季小狗懷著接飛盤的夢構樹懷著碩大的露珠我從露珠裡照見大腹便便的自己黑色的夜晚懷著我我懷著你……」

如果他用的比喻不是「懷孕」，那麼天上有星，星夜有熟睡的小狗，樹葉上有露珠，樹下有不眠的人，湊不成一個境界。可是他說懷孕！「安靜的夜裡全世界彷彿都懷孕了」，我想起因果，我認為懷孕是因果的意象，這一段詩可以放進因果的觀念中沉吟咀嚼，發現別有天地。

我熟悉因果之說，它幫助歷代作家認識人生、發掘題材，組織情節，我也知道在文學創作的時候，因果需要意象，可是懷孕！我沒有想到！

26

每一個成功的男人，背後都有一個女人。說得好！可是還有：
每一個失敗的男人，背後都有兩個女人。說得好！可是還有：
每一個成功的女人，背後都有一個沒飯吃的男人。

27

時下人情冷暖，「義犬」的故事卻很多，令人稱道不已。可是寵物只對飼主有情有義，轉過頭來對路人、鄰人、探訪的人，往往不分青紅皂白，窮凶極惡。主人飢腸轆轆，外賣郎送來上等客飯，衣上也留下牠的爪痕；主人思鄉情切，郵差送來萬金家書，腿上也留下牠的牙印。（據郵局發布的紀錄，有一次惡犬咬中了郵差的命根子！）狗咬人照樣是大新聞，舊金山，一隻牛頭犬竟把一個十二歲的男童活活咬死！

成語說「桀犬吠堯」，壞人養的「義犬」咬好人，因為好人是敵人。莫要批評牠愚忠，忠者必愚，完全依從主人的判斷。人腦善變，桀犬豈能完全體會桀的心思？「義犬」的困窘並不在牠咬了郵差，而在主人暗中把敵人當作朋友，牠仍然切齒怒目撲上去，或者主人昭告天下朋友已變成敵人，牠仍然搖著尾巴歡迎。

「走狗烹」，並非因為「狡兔死」，主人偌大家業，何在乎你吃一碗閒飯？「義犬」永遠不會知道，主人已把兔子當作寵物，牠還以捉兔子為志業，破壞了主人的布局。廚房裡已在生火磨刀，待決之犬猶在幻想奔馳原野立功受賞，悲夫！有一位小說家到處尋找題材，我提醒他，這不是很好的題材嗎！

28

人人有個未了願，「不如意事常八九」，「不到黃河心不死」，這些俗語才會成為不朽的名言。

我常把《新約》的主禱文當作一篇「未了願」看，基督向上帝祈求，其實也是向人間許願，心情之虔誠，語氣之懇切，足以感動一切關懷天下蒼生的人。這是一種文學的感動，可以與宗教信仰無關，讀這類文件而無動於衷，非文學人口也。

諸葛亮的〈出師表〉可以從「未了願」的角度去讀，唐代詩人詠歎「出師未捷身先死，長使英雄淚滿襟」，得其三昧。范仲淹的〈岳陽樓記〉也是一篇未了願，由寫景而言志，這才將境界擴大。我讀《孟子》末段，驚為最別開生面的一篇未了願。他先「發明」一條歷史定律，認為「五百年必有王者興，其間必有名世者」，他由堯舜說起，然後歷述聖君賢相，數到孔子以後，竟然沒個人物符合他的史觀。最後他感嘆：「然則無有乎爾！終亦無有乎爾！」聲音節奏竟有要哭出來的樣子。我並不認同他的歷史定律，但是他盼望天下大治，百姓安樂，情詞迫切，如果他想哭，我亦泫然。

未了願！寫出來！

29

林黛嫚女士的〈慷慨〉：一個純潔的年輕人，本來很樂意幫助別人，例如說，「今天有人在捷運站跟我要五十元，說他錢包掉了，沒錢買車票。我給了他。」可是那人是個騙子。這一類的經驗累積起來，助人的心冷了，可能再也不管陌生人的燃眉之急了。

讀後聯想起一個老問題：有人說，社會上壞人本來很少，可是好人的慈悲慷慨使壞人受益，壞人不可為而可為，結果好人把許多人慣壞了。這話可以解釋捷運車站為何出現騙子。

另有一說，社會上好人本來很多，可是壞人把他的好心腸當作他的弱點，攻其不備，天長日久，「生活教育了他」，好人可為而不可為，結果壞人把許多好人教壞了。這話可以解釋那個年輕人為何改變了他的「慷慨」。

兩種說法都言之成理，我插嘴進來是想問一句：為什麼結局都是增加了壞人呢？為什麼人這麼容易變壞呢？

如果結局是壞人變好，必有許多人認為是道德八股。流行的思潮殺死多少靈感。

30

生如旭日，死如夕陽，第二天日出，一次輪迴。泰山觀日出，嬰兒初浴，奔騰跳躍，紅光滿海，夕陽欲下，有彌留狀態。如此這般，翻案很難。

詩人必須翻案，蔡維忠說，「英雄眼底無末路」，夕陽是到地平線外開疆拓土。

31

選舉年度最有智慧作家：

別人消磨時間他磨劍。

別人挑同行的錯他挑自己的錯。
別人孤芳自賞他勇猛精進。
人家高談闊論他暗中筆記。
別人兜圈子他往前走。
他是誰？

32

作者寫書就是說話，最精采的話最要緊的話。寫書才是傾囊相授，一本書是一個裝金幣的口袋，一本書是一個百寶囊。
聽君一席話，勝讀十年書？這話不大可靠，聰明人還是回家看書。
十年寒窗無人問，一舉成名天下知；
一舉成名天下知，十年字紙簍有人問。

33

作品，有小而美，有大而富。

小船小橋小渡頭，細雨臨風岸，大艦大船長虹長堤，雲霞出海曙。

小飯店可口小菜，好鄰居小村小鎮，美好回憶小河旁邊小花小草一隻小手。

有人需要嗅窗前一盆蘭，有人需要看窗外水泥森林。

有人需要拳頭，有人需要指頭。有人需要華山，有人需要太湖石。

出版社有小而美，幅度小，密度高；數量少，質量高；財力小，智力高；讀者少，興致高。

小而美的作家，小而美的出版社，為了小而美的讀者。小眾，分眾，山羊綿羊自成一類，同聲相應，同氣相求，人之相知，貴相知心。天上一滴淚，地上一個湖，人間一口氣，天上一片雲。小而美追求高度，大而富追求廣度，各取所需，各有因緣。

34

四境界：還君明珠雙淚垂，還君明珠不垂淚，不還明珠不垂淚，垂淚但是不還珠。

境界如高山，山下是熱帶，山中是溫帶，山頂是寒帶。

山下是熱帶的動物植物，山中是溫帶的動物植物，山頂是寒帶的動物植物，各從其類，不能移民，只有人可以上下看遍。

35

作家從生活經驗得廣度，道德修養得厚度，聰明智慧得深度，宗教情操得高度。作家，除了天才，還要天性，求完美，一心一意要把事情做好，夙夜匪懈，念茲在茲。還要天緣，客觀條件，環境，機遇，成全。還要天命，對文學有使命感。累積，醞釀，毅力，長久工作。

36

字的精神即人的精神，最飽滿的精神；字的風格即人的風格，最優雅的風格。

大家看書畫家寫字作畫，看他一筆下去，有人嘖嘖讚歎：「這一筆，要二十年！」另一個說：「我怎麼看不出有什麼好？」那人說：「能看出這一筆好在哪裡，也得二十年！」

這一筆，漢隸秦篆周代的鐘鼎在裡面，王羲之趙孟頫米元章在裡面，錢塘潮水泰山日出大峽谷的斷層尼加拉瓜的瀑布在裡面。

看大書家寫字，看五千年來家國，十萬里地山河。看上通天心，下接地脈。看前有古人，後有來者。看同座知音見知音，同本同源同氣同聲，看中國的人，中國的心，真正的中國人。

37

有人說：人生永遠少一間房子。於是有人接著說，人生永遠少一件衣服，存款永遠少一位數字。有個男人說：永遠少一個老婆。

豈止如此，人生在世總還有一本該讀沒讀的書，一堂該聽沒聽的課，一次該去沒去的旅行，一個該交沒交的朋友，一筆該捐沒捐的錢，一些該說沒說的話，該還沒還的人情。

38

活到九十歲，稅局不再「例行」抽查你的所得稅，他認為你沒有大筆收入可以隱瞞了。

活到九十歲，警察局不再把你列為「虞犯」。虞犯，有犯罪之虞者，涉案的可能性最大，警察局照例有個名單，管區發生重大刑案，先過濾這些人。

活到九十歲，親友家中辦喪事，不再發訃聞給你。九十多歲的老翁突然在殯儀館的大廳裡出現，弔客嚇一跳：這人應該躺著，怎麼忽然站起來了?!

活到九十歲，牧師不再上門傳教，他認為你的信仰已經固定了，沒有時間再改變了。

以前在鬧市行走，沿途不斷有人塞傳單給你，推銷房地產，介紹美女按摩，鼓吹世界旅行，勸你算命，勸你補習英文，勸你週末到賭城消遣。整天站在路旁派發廣告文宣也是一種職業，他們關懷你，希望你什麼都不缺少，使你不勝其煩。

而今九十歲的生日過去了，你扶著拐杖搖擺過市，這些人再也不來伸手攔路，他們也最了解你，這些都與你不相干了：買房子布置新家，環遊世界炫耀見聞，賭城殺時間，算命批流年拚前程。（尤其是算命，你的命還需要再算嗎！）

於是，走在街上，清心寡慾，一塵不染，彷彿飄飄欲仙。

39

文學，表現手法多變，體裁形式多變，主題意義多變。

殷因於夏禮，可知也，周因於殷禮，可知也。

變是為了創新，創新是因為舊的不能滿足作家和讀者的需要。創新的辦法是揚棄，發揚其中一部分，捨棄其中一部分，再自外面引入一部分，合為一個有機體。

三十年代作家稱之為奧伏赫變，現代作家喻為鎔鑄，通婚。

潮流如逝水，作品固定下來。

大作家引起變革，少數創造，多數模仿。

傳播工具的革命，影響作品的形式和內容，報紙出現時已開始。

作家適應，一代有一代的作家。

不要因為自己不能適應就預言毀滅、咒詛。

40

茶是必需品，也是藝術品。

喝茶，飲茶，品茗，不同的層次，我們都尊重。

春有春茶，夏有夏茶，秋有秋茶，冬有冬茶。

天天天藍，天天品茶，天天都有好心情。

希望茶代替咖啡，至少代替可口可樂。中國詩詞有很多「茶」，也有很多「酒」。酒比茶多，希望有一天名次顛倒過來。

41

一頭大象從馬戲團裡逃出來，牠一直逃，一直逃，只有逃的時候才覺得安全。恨別鳥驚心，鳥一直生活在第一級警戒之中，可能因為看不見正前方，緊張左右掃瞄。好像只有空中飛行才自在。

沒有地圖，或者有一張畫錯了的地圖。有了定點，來了恐慌，房屋城郭比山腳水涯可怕，四壁都是壓力。

後來，那頭大象怎樣了？那隻鳥怎樣了？

42

想像是雲，生活經驗是水；想像是空軍，生活經驗是步兵；想像是化學，生活經驗是物理。

43

替朋友帶孩子，一天疲勞一週。（道義不能代替母愛。）

保母帶孩子，嫌孩子哭鬧，餵孩子吃甜酒釀，在牛奶裡放鎮靜劑。（工資不能購買母愛。）

鮭魚產卵後死亡，屍體覆蓋魚苗，免遭海鳥侵襲，幼魚以母親的屍體做食物長成。生長在沙漠中的一種麻，母體在種子成熟落地時死亡，釋放出水分來助種子發育。（弱肉強食不等於母愛。）

母愛！母愛！教我如何描述，如何歌頌，如何回報！

44

「家祭無忘告乃翁」，並非「王師北定中原日」，而是事過境遷，水落石出，這個人的動機是什麼，那件事的真相是什麼，結果怎麼會這樣、會那樣，乃翁到死納悶。多年以後，悶葫蘆一一打破了，家祭時，別忘了告訴「他」。

「無忘」二字，詩人洞察人情，他知道時間會使前代天大的事到後代無足輕重，趁著自己還有一口氣，叮囑兒孫不要忘記。

45

讀論文穿禮服，端莊拘束；讀劇本穿獵裝，興奮緊張；讀散文穿睡衣，貼身貼心。

人生在世，沒有穿禮服的機會，一可惜；沒有穿獵裝的能力，二可惜；沒有穿睡衣的習慣，三可惜。讀書識字，不接近政論時評，一可惜；不接近戲劇小說，二可惜；不接近散文詩歌，三可惜。

寫散文，也該萬籟俱寂，泡一杯清茶，穿上睡衣。

46

李燕瓊有〈伸手，也可以是給〉一文，他這句話的意思就是「先施」，只因為先施者很少，多半等人家來要，以致我們一看見「伸手」二字就想到乞討。有人戲稱乞丐為伸手大將軍，有人自己不買香煙，等朋友抽煙時接過一枝，稱為伸手牌香煙。「先施」一詞古雅，李先生把它的詞意融入俗語，打破約定俗成，「伸手」有了相反的涵意，也就和新月新幣一樣發出亮光。

李先生引佛家偈語，說插秧的農夫「退後原來是向前」，也是換個角度反過來說，因而新意盎然。依常理，退後和向前相反，但是，究竟是退後還是向前，要看目標定在那裡，行者無論採取那一種姿勢，接近目標就是向前，脫離目標就是退後。不錯，農夫插秧時步步後退，他的目標是由農田的東頭插到西頭，他由東頭開始，步步後退，也步步縮短了他和目標之間的矩離。……，此事此理，人人知道，一句「退後原來是向前」，就好像發前人所未發了。

47

反過來說：

「天若有情天亦老」？我見過有情天不老，人生易老天難老。「不到黃河心不死」？我讀過到了黃河不死心。（毛澤東在「長征」途中留下的誓言。）「千載琵琶作胡語，分明怨恨曲中論」？（杜甫心中的王昭君。）我也讀到「漢恩自淺胡自深，……人生失意無南北」。（王安石心中的王昭君。）「曲有誤，周郎顧」？我也讀過「聲清鳥不驚，曲誤郎休顧」。（胡慶育的詩。）「柳暗花明又一村」？我也讀過柳暗花明，卻無一村。「苦海無邊，回頭是岸」？我也讀到苦海有邊，回頭無岸。（詩人如此嘆惜上船偷渡的人。）

48

「登泰山而小天下」？我說過登泰山而後知天下之大。「謠言止於於智者」？我說過謠言起於智者。「此心安處是故鄉」？我說過不能安心，但能安身，他鄉也成了故鄉。「不是冤家不聚頭」？我說是聚了頭才成為冤家。「金人三緘其口」？我認為「金人無喉舌，安用三緘口」。「三十功名塵與土」？我說過三十功名連塵土也沒留下。「早起的鳥兒有蟲吃」？我說過早起的蟲兒被鳥吃（柏楊拿去做了書名）。

天下事一言難盡，所有的名言都留下空間。名言流傳千載，讀者見慣，到今天，反應微弱了，反過來用，可以開發它的新價值。

49

寂寞時讀信

煩惱時讀甲骨文

散步時看興亡變遷
熱鬧時讀人臉
主日崇拜時讀《聖經》的封面

50

張讓女士有一本作品叫《空間流》，她說急凍的瞬間空間靜止。也許在中國文學作品裡面，「空間」和「流」三個字第一次合成一個觀念，打破了讀者的固定反應。新的組合，新的風吹過古老的平原，產生新的想像。畢業到退休，開會到散會，結婚到離婚，無可奈何花落去，似曾相識燕歸來，都是空間現象。我們不是坐在電影院裡自己一動不動歷盡滄桑，我們就是滄桑，不是南柯一夢睡在那裡一動不動看遍興亡，我們就是興亡。

空間像太空船一樣載著我們，一路上丟下時間，走向茫茫的未來。如果人類能發明速度更快的交通工具，我們可以追上去，追上壯年，追上童年，追上盧溝橋事變，追上辛亥革命，追上張獻忠殺人，追上成吉思汗的騎兵，最後追上「起初，神創造天地」。我們也許害怕了，也許不敢再追了，也許後悔了，我不知道。

51

《當鞋子開始思考》?「用腳心思考」已經是罵人，何況鞋子。

有一人看見許多雙鞋子排在玄關，張著口，神情很像要說。

又有一人看見一萬雙鞋子排列在國會廣場上為殉難者請願，好像要喊救命，好像等失蹤的人回來穿上，比一萬張嘴還有說服力。

52

《紐約的十三種可能》?

想起有一部電影環球放映，製作者針對每一個地區的風習，設計當地觀眾喜歡的結局，歐美基督教地區是這樣的結局，中東回教地區是那樣的結局，非洲地區、亞洲地區也各有不同的結局。

想起有學問的人說，海明威寫《戰地春夢》，考慮過四十七個結局。

想起網路小說徵求結局，電視連續劇徵求結局，都收到幾十種可能。

我們不知道的可能，作家未發現的可能，紐約有十三萬個可能，一百三十萬個可能，宇宙人生有無量數可能。人生豐富，題材取之不盡，用之不竭，作品多采多姿，生生不息。

53

過分發展是破壞，極左破壞了左，極右破壞了右，過度守舊、過度創新都破壞藝術，超過才力、超過功力、超過對藝術理解的能力都是破壞。

54

抗戰時期，日本軍隊占領了半個中國，在日本軍隊的占領區，到處都是抗日的游擊隊。那時候我的年紀很小，也參加抗日，我們受到日本軍隊的攻擊，就往山區裡頭逃，日本軍隊緊緊的跟在後面追，從白天追到黑夜。老天爺降下傾盆大雨，天地間一團漆黑，要靠天上有閃電的時候才看得見腳底下的羊腸小道，山路崎嶇，人人一直拚命往前走，走著走著前頭怎麼停下來了，原來前頭是個懸崖，前有懸崖，後有追兵，這可怎麼辦！司令官當機立斷，他下命令向後轉，走回去！冤家路窄，萬一碰上日本軍隊呢，那也得回頭走，總不能守著這個懸崖。走進來是危機，走出去是更大的危機，危機一步一步升高，這就叫精采。你當然知道，我們是走出來了，今天我才能夠站在這裡。如果拍電影，編導不會讓我們平安無事走出來，他要戲更好看。

55

報館裡來了個新編輯，常常受總編輯責備，生了一肚子悶氣。有一天他買了一個西瓜，特別選了紅瓤的瓜，左手捧著西瓜，右手拿著切西瓜專用的大刀，他說我請總編輯吃西瓜，咚的一聲把西瓜放在總編輯的辦公桌上，手起刀落把西瓜劈開，然後咔嚓咔嚓一連幾刀，刀尖對著總編輯伸出來又收回去，收回去又伸過來，刀上帶著血紅的西瓜汁。他這是幹什麼？

56

六十年代，美國的種族問題鬧大了，黑人白人的矛盾浮上來。有一篇小說，寫一個黑人男孩跟一個白人女孩戀愛，女孩的家長堅決反對。這個黑人男孩就去見白人女孩的父母，他捲起袖子，露出黑色的皮膚，然後拿出剃刀的刀片，在手臂上劃了一道口子，鮮血流出來，他對女孩的父母說：「我的皮膚是黑的，可是我的血也是紅的！」這就是特殊性。

到了九十年代，風水輪流轉，白人政客紛紛想辦法討好黑人，看小說知道有一個白人出來競選，他到黑人區演講拉票，他對聽眾說：「我的皮膚是白的，我的心也是黑的！」

後面這篇小說顯然受了前面那篇小說的影響，變成諷刺喜劇，

57

魯迅大師筆下的阿Q也有可愛的地方，阿Q，老天爺給他的智商太低，他既不能巧取又不能豪奪，一無所有，他也沒有東西可以讓人家巧取豪奪，這就成了一個多餘的人。大師賦予他藝術形象，他就退出這個社會，別有天地，你我不可以再用這個社會的肉身形象衡量他。他不是一句口號標語，也不是一本教科書。你我不必把四萬萬五千萬人的原罪都交給他，要他扛起來。不要怪他不革命，上帝在天上，他不是革命的料，他是革命志士要救贖的人，革命家看到阿Q，要想起自己的責任，不是想起阿Q的責任。革命，他能做什麼？像他這樣一個人，只能把炸藥綑在前胸後背，到人群密集的地方去轟然一聲，那樣的阿Q不好看，我不願意有那樣的阿Q，寧願有這樣的

阿Q。

58

寫作如打麻將：枯藤老樹昏鴉，一二三條／小橋流水人家，一二三餅／西風古道瘦馬，一二三萬／夕陽西下，對子，聽牌／斷腸人在天涯。碰！和牌。

59

寫作如炒菜：越王句踐破吳歸，肉絲下鍋／戰士還家盡錦衣，作料下鍋／宮女如花春滿殿，大火爆炒／而今唯有鷓鴣飛，熄火起鍋。

60

《聖經》中有許多「文學語言」，基督在地上行走的時候，常用詩人的口吻說話，例如「天上的飛鳥，也不種，也不收，上帝尚且養活他們……」。還有「五個麻雀不是賣二分銀子嗎，若是沒有神的旨意，一個也不落在地上」。有人讀了這話想起上帝全能，有人讀了這話想起當時猶太的物價，我讀了想起人命關天，鳥命也關天，基督也是愛護動物的。我不認為上帝會親自管理每一隻鳥、每一個草木蟲魚的生死禍福，我會感受到「上天有好生之德」。

61

「你們若有信心像一粒芥菜種，就是對這座山說：『你從這邊挪到那邊。』它也必然移去。」這也是文學語言。文學語言的特徵是感人良深而不必實有其事，受感動的人也不在乎是否實有其事，基督決志救世，信念感天動地，這就是了。穆罕默德要在眾信徒面前移山，沒有辦到，他是聖人，立刻說：山不來接近我，我去接近山。把文學語言轉化成哲學語言，給後世信徒寶貴的啟發。總之，你不能把基督的那句話當作科學語言。

62

基督說：「天地可以廢去，神的話一點一畫也不能廢去。」一點一畫？中文《聖經》由繁體字版改成簡體字版，減了多少筆畫？《聖經》還有地方方言的拼音版，連一筆一畫都沒有了。再說今天我們閱讀的《聖經》，由別種文字輾轉翻譯而來，「翻譯就是叛逆」，不可能完全忠於原典，其間又流失了多少？如果拿它當作文學的語言，這些問題都沒有了，我們想起至高的原則不為堯存、不為桀亡，我們也會想像某種「永恆」在宇宙形成之前已經出現，在宇宙消失之後仍然存在。「一筆一畫」是文學修辭，不是科學統計。

63

想當年基督從腳下摘起一朵百合花來，對門徒說：所羅門王朝的繁華還不如這一朵百合。他是布道，也是吟詩，文學就是這樣，把極複雜的東西變成一件極簡單的東西，這件極簡單的東西同時也極豐富。聽說現在有一撥基督門徒用心提倡基督教的文學，我熱烈贊成，並且建議有志者從推廣「文學的語言」開始。

64

我多麼希望能有美麗的錯誤，我見過許多錯誤，可是都不美麗。錯誤是一個病灶，釘在X光底片上；是一張付不清的帳單，每月催討，帶著折磨；是一場五月的大雪，殺死花蕾、蝴蝶的幼蟲。

颶風是空氣的錯誤，海嘯是水的錯誤，癌是細胞的錯誤，……戰爭是上帝的錯誤，還有，某種幼稚的政治熱狂，是青春的錯誤。

美麗的錯誤只存在於迷幻藥裡，我犯過許多錯誤——只有錯誤，不見美麗。

65

賣麵翁賣了一輩子麵，很有名聲，全盛時期他一天賣出兩百碗，可是現在他一天只能賣出五碗。賣麵翁生活沒有問題，但是賣麵不肯歇手，每天照常開門營業，他忠於他的專長，他的榮譽他的樂趣都在麵鍋麵碗裡，他承擋外來的打擊，拒絕新生的誘惑，每天守著麵攤奮鬥。

世上總得有信念堅定無怨無悔的人，賣麵翁的新聞上了海外華文報紙的頭條，大家感動佩服。

有些事新聞沒有說：現代社會變得快，一個人如果終身堅守一門技藝，晚景多半淒涼，除非他能不斷做得更好，……做得更好。長年以來，這位賣麵翁可曾研究改進他的產品？他在火候作料刀法口感方面是否墨守成規？他可曾到新興的麵攤去觀摩取法？他的碗筷和桌凳的式樣可曾更合顧客心意？他的頭髮指甲圍裙可曾比以前更注意整潔？他和顧客之間的應對互動是否比以前增加了親和力？

如果答案都是「有」，他的麵就不會一天僅僅賣出五碗了。

66

藍天是母親的眼睛，烏雲來了才眨一下，而遊子是西沉的太陽，從她的眼底流失。暗夜，母親永遠休息了，星月，她不能瞑目。

67

胡琴，江湖夜雨，淒涼嗚咽，嗚一腔不平，辭不達意。孤單，就沒有反抗的意思，不像鑼鼓。哭完了也就算了，留些力氣下次再哭。

68

基督釘上十字架，聖母的淚血染紅了聖誕花。有聖誕紅還有聖誕白，怎麼解釋？劫波過後，聖母的血淚總要流盡？種花人多事，大叢聖誕白下面開一小片聖誕紅，亭亭一片蒼白如何掩飾那永恆的吞聲？

69

邱吉爾說：酒館關門時，我就走。我說：酒館快要關門，我不進去了。有人問：酒館在哪裡？如果根本沒有酒館，我們都落空。

70

別人云亦云，笑藤蘿抱大樹的粗腿。藤若獨立，只能在地上爬行，任牛羊踐踏。藤蘿有權選擇自己的生活方式。所以，祝福他有棵大樹。

別一直背誦成則為王，敗則為寇。記住：有一種人成則為王，敗則為聖。還有一種人成則為寇。成語多半以偏概全，我一面使用成語一面懷疑。

71

我聽見一位敗軍之將說：愛民如子有何用！真兒子又有幾個孝順。傳聞他在指揮大軍作戰的時候說：我們不是什麼仁義之師。小說家怎能忽略這樣的人物！

72

東坡對他的弟弟說：但願人長久，千里共嬋娟。我對我的朋友說：但願人長久，萬里共文學。有一個人不得了，他說：但願人長久，百年共興亡。一興一亡，人口大量減少，你我難得剩下。

73

紐約街頭的對話。問路：「Bird Pl.在哪裡？」回答：我不懂英文。問路者開罵：你是白癡！民權分子說：這是種族歧視。社會工作者說：這人有精神病。法師說：大熱天，找路找急了，罵你一句，出口氣，沒中暑，你救了他。教育家拍他的肩膀：還不快進英語補習班？免費的喲！賢內助的意見：閒著沒事，少在馬路旁邊站著發呆！

74

大雪紛飛，詩人居然「聽雪」。聯想到飲雪，味覺。吻雪，觸覺。還有踏雪，觸覺兼聽覺。最普通的是看雪，視覺，撒鹽或飄絮，或天使的羽毛零落。詩人，畫家，美食家，戀物狂，苦行僧，各有領受。

75

坐在屋子裡，望著骯髒的院子，幸而窗帘是美麗的，可也是單薄的。賴窗帘屏障，休養生息，等待整潔的慾望慢慢上升。有一天掀起窗帘，改造院子。

76

古典化用：

「流光容易把人拋／紅了櫻桃，綠了芭蕉。」

光陰遺棄了你，／任你垂垂蹉跎，／啞了樹上的黃鶯／老了江南的表妹。

一定要「表妹」，如果改成表姐，滋味完全不同。

一定要「江南」，如果改成蒙古，滋味完全不同。

這就是對文字的敏感。

77

文言化用：

削足適履——鞋子小怨腳大，爬不上去怨樹高。

萬紫千紅總是春，春天是織女的刺繡。

織女把嫁衣丟到人間大地，於是有燦爛的春光。刺繡是對春天的模擬，裝扮了世世代代的新娘。

78

現代詩人管管說：「春天坐著花轎來。」不說花車說花轎，輕輕地點撥一下「春」字的雙關意義，情愛。花轎外頭有錦有繡，裡面有鳳冠霞帔，萬紫千紅化身。花轎周圍的人也都穿新衣，化新妝，光潔明亮，有朝氣。春天坐著花轎來，一個「來」字意境全出，它是正在進行式，鑼鼓開道，嗩吶吹奏熱烈，呼應了紅杏枝頭春意鬧，與那個「鬧」字相應共鳴。

79

「尺蠖之屈以求伸也。」尺蠖是一種蛾的幼蟲，身形細長，前進的時候先把身子拱起來，好像人用手指測量距離那樣，所以叫尺蠖。牠本是害蟲，文人用比喻取其一點：為了進一步，必須退半步。

大白話乾脆說大丈夫能屈能伸。「能屈」不是鼓勵人安於委屈，而是勸他為「能伸」作準備，能屈是陪襯，能伸是主體；能屈是過渡，能伸是目的。大丈夫能屈，用杜牧的句子：「包羞忍恥是男兒。」男權社會的習慣語。

還有許多說法：指頭收回來，拳頭才可以伸出去。／老虎在躍起猛撲之前，先把身體收縮、伏低。／風中之竹，折腰不是為了五斗米，是為了重新站直。

80

波赫士說，森林是隱藏樹葉最好的地方，我想起「萬人如海一身藏」。

當代詩人陳九所作的〈偶然〉：

那個偶然的時間，那個偶然的地點，幾句偶然的玩笑，幾次偶然的羞赧。偶然地屏住呼吸，偶然地轉身輕嘆，偶然地不知所措，偶然地悔不當年。我們，再也未能相見，偶然卻一下子，變成了永遠。

詩中化用了「此情可待成追憶，只是當時已惘然」！也許還有徐志摩「偶然」的影子，也許還有李商隱的手印。

81

二〇一四年，美國報紙刊登的消息，某人發了大財要買豪宅，正好這人從前的老闆要賣掉自己的豪宅，這人花了四千萬美元把老闆的房子買下來，剷為平地，重建一座新房子。

四千萬美元不是個小數目，把房子買過來拆掉重建，至少得再花四千萬，為什麼這樣做？其中原因應該不同尋常。新聞報導沒有說明，大部分讀者驚嘆一聲，放下報紙，事情也就過去了。作家不同，他會比別人想得多一些，當年的老闆怎樣對待他的下屬？今日的買主怎樣看待他當年的老闆？為什麼一定要買老闆的房子？買過來為什麼立刻拆掉？故意拆給老闆看？美國式的階級鬥爭？

二〇一五年，美國報紙又有一條消息，有人買了一座豪宅，立即拆除，因為原來的房主是毒品交易的大「梟」，賺來億萬金元不能見光，可能換成金銀珠寶埋在地下室裡，買主的興趣不在房子，而在掘寶。動機很清楚，行為就合理了，這個合理同時也是不合理，可以寫成一個鬧劇。

82

冬天不能改變四季，但是他想偽裝春天。

這就是為什麼曆書舉起告示牌，立春，驚蟄，春寒依然料峭。

冬天說，我就是春天，我使野草泛綠了，我允許去年種下的球根冒出新芽，當然我也有權力下一場雪把它們蓋住。

你看柳枝變軟了，由他，迎春花開了，由他，我是春天，這些現象應該在春天出現。白天陽光溫和，夜間的星辰仍是冰做的，證明我仍然在位。

可是春天不僅僅如此。冬天不斷提高演技，越裝越像，漸漸地，它不像他自己了，漸漸地，他不知道怎樣再做他自己了，……最後，冬天真的變成春天。

83

職業，就是給你錢，讓你做不想做的事情。換個說法：做過了，還「想」做，是興趣；做過了，還「得」做，是職業。

打斷了腿，筋連著。換個說法：藕斷絲連。

人為刀俎，我為魚肉。換個說法：人為鼎鑊，我為麋鹿。人為網羅，我為雀鳥。我是豬羊，他們是屠宰場。我是一塊肉，他們是絞肉機。

換湯不換藥。換個說法：換瓶不換酒，換衣服不換人，換作料不換菜。

視之如鼠，防之如獅。換個說法：戰略上輕視他，戰術上重視他。待小人宜寬，防小人宜嚴。十公里以外是朋友，十公尺以內是敵人。

吸引眼球。另外，吸睛，引人注目，奪目。另外，霸占視域，眼球要跳出來，我只能看見她，此外全盲了。另外，剜眼，剜心。先剜眼，後剜心。

一步錯，步步錯。另外，一著錯，滿盤輸。另外，第一個鈕釦扣錯了，以下的鈕釦全扣錯。

84

朝令夕改。

魯迅：城頭變幻大王旗。痖弦：今天的告示貼在昨天的告示上。……還有呢？

湯因比：人類從歷史得到的唯一教訓，就是人類不接受歷史教訓。痖弦：今天的雲抄襲昨天的雲。……還有呢？

水可乾而不可奪濕，火可滅而不可奪熱，金可柔而不可奪重，石可破而不可奪堅。

海明威：人可以被毀滅，不可以被打敗。耶穌：鹽失了鹹味，怎能再是鹽呢。鄭愁予：他留下糖，拿走了甜。……還有沒有？

85

上帝作曲，演奏在人。還有，命運洗牌，玩牌的是我們自己。還有，人生一盤棋，你是棋手，也是棋子。還有，中國歷史是十億人口打的一桌麻將。

86

己所不欲，勿施於人。還有，所惡於上，勿以使下。還有，你願意人家怎樣待你，你先怎樣待人。還有，所求於朋友，先施之。還有，做自己快樂別人也快樂的事，不做自己討厭別人也討厭的事。……還有沒有？

87

翻臉像翻書一樣，換表情像換電視頻道一樣，變臉像發牌一樣。

此情可待成追憶，只是當時已惘然。／何時銷盡相思意，始覺當年不惘然。

88

不要怕，不要悔，負面表述。簡單想，勇敢做，正面表述。

中國人說，民以食為天。西洋人換個說法：對於飢餓的人，麵包就是上帝。

89

《紅樓夢》最後一幕是寶玉出家，書中千頭萬緒以不了了之，於是產生了紅樓續夢，紅樓圓夢，紅樓春夢，補紅樓夢，後紅樓夢，據說還有一部《鬼紅樓》。

狄更斯最後一部小說名叫《祖德謀殺案》，他沒寫完就去世了，祖德究竟死了沒有，行凶的人是誰，都成了他留下的問號。一九八五年，紐約百老匯上演用這部小說改編的音樂劇，對狄更斯留下的問號提出許多答案，每場演出的結局不同。

了不起，層出不窮的靈感，爭奇鬥豔的靈感，匪夷所思的靈感，離經叛道的靈感，還包括良莠不齊的「靈感」！

90

汪國真的名句：「我不去想是否能夠成功，既然選擇了遠方，便只顧風雨兼程。我不去想能否贏得愛情，既然鍾情於玫瑰，就勇敢地吐露真誠。我不去想身後會不會襲來寒風冷雨，既然目標是地平線，留給世界的只能是背影。我不去想未來是平坦還是泥濘，只要熱愛生命，一切都在意料之中。」有人就認為清可見底，太顯露意志和理性了，我也很喜歡這些句子，可是在提倡「純詩」的人看，還是拿去配上曲譜，交給萬人大合唱吧，效果一定很好。

91

「一個人朝東方開槍，另一個人在西方倒下」，歐陽江河的名句另是一番光景。它不能增加知識，世上絕無此事，它也不能培養判斷力，因為太容易下結論了。最後剩下感受，我們又能感受到什麼？「銅山西崩，洛鐘東應」，自有學物理的出面為之解說，一個得到諾貝爾和平獎的發動了戰爭，自有搞政治的出面為之解說，「一個人朝東方開槍，另一個人在西方倒下」，也有詩人言之成理，他們使用「荒謬」一詞，世事荒謬，人生荒謬，合乎邏輯、不合乎事實，合乎事實、不合乎邏輯，「一個人朝東方開槍，另一個人在西方倒下」，正是要你我感受世界的荒謬，最不合理的才是最真實的。

92

谷昭的詩，開頭第一段：打開字典／那些漢字洶湧而來／首尾相連，像一列火車

／奔向五千年前的春天／……最後一段：字典打開一次／這些漢字就洶湧一次／這列火車就在大地奔馳一次／從阿奔到酢／中間隔著五千年的春天。我只下一條小注，「從阿奔到酢」，指漢語拼音排列的次序，從A到Z，其他的不要再尋求別人的解釋。

93

新體詩從古典的格律中出走，自出心裁，至今沒有形成新的格律，新文學的理論家也認為是很大的遺憾。也許終有一天，新詩也像唐詩宋詞，穿上自己的制服，也許它永遠不修邊幅，穿著睡衣也上街。我常想，也許別管它怎麼穿戴，只要它是詩，醫生即使身披黑袍紅袍，仍然是醫生。那麼，什麼是詩？這個問題一定可以考倒我。如果我說，我寫的這段話不是詩，這話大概沒錯？它為什麼不是詩？並非因為它沒有格律，這話大概也沒錯？如果你想它變成詩，我現在寫的這些話都得抹掉，你得換另外一套話，我這樣說大概也沒錯？

94

「大江東去，浪淘盡風流人物。」有格律，是詩。「逝者如斯夫，不捨晝夜。」沒有格律，也像是詩。「和尚打傘，無法無天。」不像詩。「一個孤獨的和尚，打著一把破傘，在曠野裡行走。」像詩。有一年長江大水災，救災工作忙翻了天，事後，救災的官員告訴我們：「沒有一個災民病死，沒有一個災民餓死。」不是詩。最後一句：「到了夜晚，每一個災民的頭都可以放在枕頭上。」像詩。

只要是詩，本是同根生，同父異母，族繁不及備載，其中必定有人出類拔萃，光宗耀祖。有格律，很好，幫助詩，使詩在形式方面更像詩。沒有格律有韻味，也很好，幫助詩，使詩在內容方面更是詩。韻味之「韻」超過平平仄仄，超越一東二冬，它是雅俗之雅，精粗之精，美醜之美，清濁之清，醇薄之醇。

95

「綿羊也有發怒的時候，只是不能持久。」
老虎也有害怕的時候，只是用虎皮遮住了。
螞蟻也有是非恩怨，只是沒有大眾傳播。

96

林肯說：「重要的不是你的生命有多少日子，而是在你的日子中活出多少『生命』。」

兩個「生命」，字面一樣，含義不同，前一個生命的意思是活著，後一個生命的意思是活得有意義、有價值。

白居易年輕時到長安求發展，拜見名詩人顧況，顧況一看白居易的名字就說，你想住在長安並不容易。

白居易的名字，出自《中庸》裡面一句話：「君子居易以俟命。」居易的意思是站在「易」的位置上，「易」又是什麼呢，應該是中庸哲學吧？中庸哲學又是什麼呢？你看，文言就是這麼麻煩。顧況故意取其歧義，解讀為「住下來很容易」，輕鬆一下，同時也對眼前這位後輩發出暗示：我也許幫不了你。

線裝書麻煩，打開電腦簡便。有些人真熱心，把自己愛讀的長短文章下載，用電子信箱傳給相識的人分享。打開一看，不得了，那些無名氏太有才了！他們都是文壇遺珠，任人俯拾，雖不相識，心嚮往之。就拿「歧義」來說吧，且看：

「單身的原因，原來是喜歡一個人，現在是喜歡一個人。」

「一個人」前後出現兩次，含義不同，還需要解釋嗎？再看：

「蜘蛛深愛著螞蟻，表達愛意時卻遭到拒絕。蜘蛛大吼：為什麼？這一切都是為什麼？螞蟻膽怯地說：我媽說了，成天在網上待著的都不是好人。」

這個「網上」不是那個網上，還需要解釋嗎？

97

讀清代詩人蔣坦：寂寞園中樹，飛花委綠苔，春風吹易落，何似不吹開？想起：春風春雨有時好春風春雨有時惡春風不吹花不開花開又被風吹落！讀白樂天無戀亦無厭，想起：與人無愛亦無瞋／也無風雨也無晴。想起縱化大浪中，不喜亦不懼。還想起不增不減不垢不淨？

讀村上春樹：她身上長滿了肉，就好像夜間下了大量的無聲的雪。想起：黑狗身上白，白狗身上腫。

一句好詩可以產生十句百句詩，一首好詩可以產生十首百首詩，一個好詩人可以產生許多位詩人。

詩繁殖，詩輪迴，詩百花成蜜，兼收並蓄，詩天地無私，為而不有。

98

古人說七竅鑿而混沌死。今人說同是十五歲，我還是一團泥，他已有了七竅。

古人說目光如箭。今人說五叔與狗子住了嘴，互相注視的目光裡就有了十八般兵器。（黃孝陽）

我曾經不用白居易的「今年歡笑復明年，春風秋月等閒度」，改用流行歌曲：「春天的花是多麼的香，秋天的月是多麼的亮，少年的我是多麼的快樂，美麗的她不知怎麼樣。」

我曾不用「驚鴻一瞥」，換成「眼花撩亂，只記得一個美麗的影子」。與其用「滄海桑田」不如用「十年河東，十年河西」。我曾用「貓嘴裡挖泥鰍」代替「與虎謀皮」。

99

春江水暖鴨先知，綠到春前柳先知，衣減鏡先知，這些句子莫非有因果關係？

蘇軾的「去年相送，餘杭門外，飛雪似楊花。今年春盡，楊花似雪，猶不見還家」，難道和《詩經》「昔我往矣，楊柳依依，今我來思，雨雪霏霏」，沒有因果關係？古文是根，到現在還提供養分。有人以為同根生要一樣，真實可以變化更新。有人以為變化到唐詩宋詞明清小說可以止矣，其實流變無盡無休。今人對古文要能化用，「化」是不見了，還存在，不再為自己存在，為新生代存在，因此不再需要形骸軀殼。

100

美國作家巴赫很有錢，他告訴人家，致富之道是「付錢給自己」。

這話什麼意思？且聽他的解釋：多數人賺到錢先付給別人，房東、信用卡、電話公司、政府，……這在財務上絕對是倒退。

巴赫建議，賺到了錢，首先把10％存進自己的帳戶，如果10％太多，5％也可以，即使只能存入1％，也一定要存。

巴赫說：「你無法花掉不在你口袋裡的錢。你看不到這筆錢，就可以不靠這筆錢生活。」

說了半天，巴赫的意思就是儲蓄。多少人主張儲蓄，我們都沒留下印象，巴赫換了個說法，「付錢給自己」，還真能教人思想一陣子。

101

佛門有很多人擅長運用語言的歧義，留下很多「鬥機鋒」的故事。

唐朝，玄機尼師拜訪雪峰禪師，兩人有下面一段對話：

「從何處來？」雪峰明知玄機在大日山修行，仍然有此一問，已經露出機鋒。

「從大日山來。」玄機是後輩，老老實實回答了這個問題，很有禮貌。

「日出也未？」大日是一座山，也可以是太陽，雪峰禪師利用「日」的歧義，脫離上下文正常的脈絡，問得離奇。對玄機尼師，這是考試，看他修行的進境如何；對玄機的老師永嘉，這是「挑釁」，看他調教出來一個什麼樣的弟子。玄機「接球」在手，知道不能再客氣，立即跳出尊卑長幼的束縛，以平等的精神把球向對手拋回去，他立刻說：

「如果日出，早融卻雪峰。」雪峰可以是一個人，也可以是山上有積雪，玄機利用了「雪峰」的歧義。

「叫什麼名字？」雪峰換個角度，明知故問，鬥機鋒往往如此。

「玄機。」

「日織幾何？」機，也可以是織布機，有歧義。

「寸絲不掛。」這是佛家用語，絲，既是織布的進度，也是生活中的業果。一根絲也沒有，也就是一點牽掛、一點執著都沒有，佛門修行的境界。

……

唐代禪僧德山禪師到店鋪裡買點心，開店的老婆婆問他，《金剛經》說過去心不可得，現在心不可得，未來心不可得，大師要什麼「點心」？

有一位出家人天天按時念經打坐，念念不忘守戒，自己說「一日不空過」，沒有浪費光陰。他得到的批評是，你的確一天也沒有到過「空」的境界，滿心都是成佛成菩薩，太執著了。

運用歧義，使陳腔濫調湧出新的表現能力，也是作家的一門功課。

102

杜牧：蠟燭有心還惜別，替人垂淚到天明。「心」字有歧義，既是燭芯，也是人心。

李南衡：有人攻擊美國總統福特（**Gerald Ford**）能力太差，沒有傑出的表現，福特總統攤開雙手笑一笑，他說：「我只是福特，我不是林肯。」福特、林肯，既是美國總統的人名，也是美國汽車的商標，「林肯」是美國歷史上偉大的總統，也是世界市場上豪華的汽車，相較之下，「福特」不論是人是車都很平易。

103

莎士比亞有一句著名的台詞，朱生豪譯為「你能進衙門，不能進廟門」。意思是說你做的事自有天地鬼神知道，你能逃脫法律處罰，終究要受善惡報應。

有人把這句話譯成「你能進公堂，不能進教堂」，也很好，但是我仍然喜歡朱生豪，對中文讀者來說，「廟」的陰暗神秘恐怖，教堂沒有相同的效果，「門」字使人聯想到約束盤查，也是「堂」無法代替的。而且中國有許多因果報應的故事發生在廟裡，有些故事的情節很慘烈，教堂則是救贖赦免的場所，沒那麼大的壓力。

「名字算什麼？名字算得了什麼？我們所謂的玫瑰，換個名字還不是一樣芬芳？」也是莎翁的台詞，有人譯成「玫瑰花不叫玫瑰花，仍然是香的。」後者更接近口語。

茱麗葉如此強調她和羅密歐的愛情純潔正當，我沒有異議，但就語言文字的敏感來說，把玫瑰的名字改成「霉鬼」，這花就沒那麼浪漫豔麗了。耶穌進入中國時，最初的譯名是「耶鼠」，耶穌，耶鼠，你能說完全一樣？Reagan當選美國總統，親美的報紙譯成雷根，反美的報紙譯成列根，雜文專欄甚至出現了「劣根」，雷根、列根、劣根，你能說完全一樣？

車禍，一個男孩死在醫院裡。這時，一個女孩正等待心臟移植，她很幸運，正值男孩的母親把兒子的器官捐出來。多年以後，男孩的母親和那女孩相遇，也就是和她兒子的心臟相遇，母親俯耳在女孩的胸口聽兒子的心跳。語言文字一個一個、一聲一聲跳出來，作家的感應也能銳敏到這個程度。

104

董橋如此描述中年：天沒亮就睡不著的年齡。只會感慨不會感動的年齡。只有哀愁沒有憤怒的年齡。中年是吻女人額頭不是吻女人嘴唇的年齡，是用濃咖啡服食胃藥的年齡。

梁啟超如此對比青年和老年：老年人如夕照，少年人如朝陽。老年人如瘠牛，少年人如乳虎。老年人如僧，少年人如俠。老年人如字典，少年人如戲文。老年人如鴉片煙，少年人如白蘭地酒。老年人如別行星之隕石，少年人如大洋海之珊瑚島。老年人如埃及沙漠之金字塔，少年人如西伯利亞之鐵路。老年人如秋後之柳，少年人如春前之草。老年人如死海之瀦為澤，少年人如長江之初發源。

《詩經》祝福君王：如山，如阜，如岡，如陵，如川之方至，以莫不增，如月之恆，如日之升，如南山之壽，不騫不崩，如松柏之茂，無不爾或承。一連九個比喻，留下一個「九如」的典故。

都說「以數量代質量」，不好，以數量增進質量呢？都說一兩黃金勝過一斤棉花，一斤黃金呢？

105

「關門閉戶掩柴扉」未必不好，如果拍電影，讓觀眾看見這家的大門關上了，那家的小戶關上了，簡陋的柴門也關上了，然後來一個全景，大街長巷寂無一人，這樣才會有導演需要製造的氣氛。

行文有時需要反覆，一對佳偶，三心二意，三番兩次，半夜三更，都可以看做是使用反覆，「龍鍾衰朽」，加強了老相，一個和尚獨自歸，單說「一個和尚」，未必能產生孤獨的感覺。呼天不應，呼遍蒼天青天皇天也沒有反應，後一句是否略勝一籌？

106

權勢和財富可以使人萬有，但是也會失去兩樣東西，粗茶淡飯和肺腑之言。

我懷疑一個粗茶淡飯的人又能聽到多少肺腑之言？

通常肺腑之言只能藏在肺腑裡。也許有一天，「科學」可以使外科醫生把肺腑之言解剖出來，那時，多少人的屍體不是裝進棺材，而是送上手術台，丈夫死了，妻子要看解剖的結果；親信死了，領袖要看解剖的結果。……

107

棺材有侵略性，那麼，手槍也有侵略性。

那麼，想想那些名句：山光入酒杯，兩山排闥送青來，紅得有毒，黑色貼在我的眼睛上，芳草黏天，綠色擁抱我，顏色也有侵略性。

還有什麼是和平的？

108

歌星齊秦：令人不能自拔的，除了牙齒，還有愛情。「自拔」雙關，因而精采。

孟子說：「象憂亦憂，象喜亦喜。」象，人名。有人利用「象」的歧義製作謎語，以孟子的這兩句話為謎面，以鏡子為謎底，甚巧。

上世紀三十年代，陳濟棠在廣東主政，整軍經武，反抗南京政府。起事前，他麾下的空軍突然集體叛逃，他失敗了。據說陳濟棠曾去占卦（也有人說是扶乩），預卜吉凶，得到的指示是「機不可失」，陳大喜，他把「機」解釋為機會，沒想到這個「機」乃是飛機。現在一般人民大眾已不知道陳濟棠的雄心霸圖，唯有「機不可失」這一語雙關的故事一直普遍流傳。

有人去理髮，理髮師是個基督徒，一面工作一面跟他談天，刮鬍子刮到脖子的時候，理髮師問了一句：「你想不想上天堂？」

109

蛇，它能代表蛇的幾分之一？它只是喚起你我對蛇的認識，對蛇的經驗，更何況，虎頭蛇尾，打草驚蛇，它就不是蛇了。龍蛇混雜，蛇蠍美人，離蛇越來越遠。

作家總是把許多字弄得不是原來的意思了，這就是他們的貢獻。

110

漢字「六書」，不僅象形字有豐富的形象，會意、指事也有，不僅在篆書中顯示，楷書也能顯示。

例如「嚴」這個字，兩眼瞪得這麼大，拉著威武的架式，一副凜然不可侵犯的樣子，「懼」，還是兩隻眼，因為驚慌失措，外界的事物在眼球上投入比較多的光影，尤其是篆書傳神，我第一次看到的時候還真嚇了一跳。再看「從」，這麼多人在一起行走，其中有個帶頭的大哥。「笑」的線條使人想起笑容，「哭」字最後那一點自然是眼淚。「大」，開張的架式；「小」，單薄拘謹的樣子。

有空的時候看看碑帖，發現有許多字的筆畫和字典不一樣，「插」，書法家索性把右邊「臿」中間那一豎拉長，穿透包圍，直追插手、插秧等等動作。「春」，書法家把它的上半部變形為三個「十」字，排列成寶塔式，好像花草發芽。

人在海外，都希望孩子學習中文，父母費盡苦心，有些孩子總是不肯學，學不好。據我觀察體會，在外國成長的孩子，能不能突破外文的包圍，對中文發生興趣，要看他能不能憑童話式的想像，超過有限的象形字，發現漢字更多的形象性，神遊其中。如果不能，漢字對他只是一堆雜亂無章的線條，死背硬記，索然無味。

111

梭羅寫他在瓦爾登湖泛舟釣魚，船四周有無數游魚，魚尾在湖面月光下成波紋。他寫出魚上鉤時釣線震動那種銳敏的感覺。他說釣上來的魚像新月，使他幻想釣線拋向空中從天上釣下來。

咱們古代的詩人形容「魚躍練江拋玉尺」，還是「新月」的比喻好，魚體彎曲，不像玉尺那樣死板。

112

每一個行業都有鬱悶，「靈感」跑來給他們開個小孔透氣，於是新聞界流傳這樣的小笑話：

總編輯屢次責備一個年輕的新進記者，怪他寫來的新聞不夠準確。有一天這位年輕的記者如此報導：大明星某某登台亮相，全場一千零一隻眼睛都盯住她。總編輯問眼睛怎麼會是單數，記者說：「我仔細數過了，其中有一個人是獨眼龍！」

報紙的新聞標題很重要，讀者要先受標題吸引，才會去讀那條新聞，一位編輯也因此備受總編輯的壓力。這天有一個女子臥軌自殺，這位編輯把心一橫下了個標題：悍婦潑辣成性，圖謀掀翻火車未遂！

某天，某報有一條新聞：「本市市議員，一半是貪汙的。」議員大譁，向報館興師問罪。總編輯說，好，我來更正。第二天報上再登一條新聞：「本市市議員，一半不貪汙。」

靈感五講

可大可久談原型

如果你要寫一個故事，在你寫作之前，已經有人寫出許多許多故事，那些故事可以分成各種類型，每一類故事都有人寫得最早、或者寫得最好，這最早或最好的一個叫做原型，你我可以參照那個故事來設計自己要寫的作品，這叫使用原型。

舉例來說，《舊約》第一卷《創世紀》，上帝把亞當和夏娃小兩口兒安排在樂園裡，立下誡命，他們不可以吃某一棵樹上的果子，小兩口兒犯了戒，被上帝逐出樂園，到地上受苦。教會中人認為這是最早的罪與罰，文學中人認為它是父子衝突的原型。子女成長有所謂反抗期，「兒大不由爺，女大不由娘」，他忽然不聽話了，兒子的「叛逆性」比女兒明顯，以致俗語說：「無仇恨不成父子。」學者探討共同的人性，文學作家表現千差萬別的具體樣相，作家像上帝創世那樣在這個原型之內造不同的人物，不同的環境，不同的禁果，他在父子兩代之間經營不同的衝突，其中有不同的寓意。

耶穌講過一個「浪子回頭」的故事，文學中人認為他使用了「失樂園」的原型。他說，在一個富足的、快樂的大家庭裡面，小兒子長大了，要求分家產，搞獨立，走出父親的陰影。他在外面蕩盡錢財，淪落到與豬同食。他後悔了，又回到大家庭裡來祈求父親原諒，父親很寬大，恢復了這個兒子在家庭中原有的地位。依《舊約》原來的記載，亞當接到驅逐令的時候並未求饒，他到地上耕種狩獵，「汗流滿面才得餬口」，活了九百三十歲，也從來沒有表示後悔。耶穌布道向世人提供救贖，救贖的前提是悔改，所以耶穌增添了情節，這種技巧我們稱為「延長法」。他使用原型，加以延長，仍是獨立的作品。

英國文豪彌爾頓另有會心。上帝告訴亞當和夏娃，「唯有這棵樹上的果子你不可以吃」，魔鬼來引誘夏娃去吃，夏娃又引誘亞當去吃，妻子的影響力大過父親，夫妻同心的程度大過父子，這已經把一對「照著神的形象」創造出來的男女人性化了。上帝發覺他們的行為，發怒譴責，在彌爾頓筆下，亞當非但沒有認罪，反而支持他的妻子，幾乎以主動的姿態放棄安逸的生活，他要和妻子共同承擔後果，這就很有些近代西方的思想了，這種寫法，我們稱之為「吹」，使原來的素材膨脹，發酵，像吹氣球一樣。為了增加「戲肉」，也為了神學上的完整，彌爾頓增添了《創世紀》沒有的場景，他使亞當夏娃在走出樂園的時候看見異象，看見未來人類的墮落、末日的懲罰，也看見耶穌給世人提供的救贖。可以說，彌爾頓吸收了「浪子回頭」的創意，或者說提取了整部《聖經》的大要，這種技巧我們稱之為「揉」，像揉合麵團一樣，使分離的部分泯合為一體。彌爾頓雖然使用原型，他的《失樂園》仍是獨立的作品。

中國也有「失樂園」嗎，找找看，牛郎織女行不行？織女在天庭負責織錦，天帝也覺得「那人獨居不好」，把她嫁給牛郎。她結婚之後就懶得織布了，天帝震怒，又命令她和牛郎分居，全心全力做一個織工，每年只准有一天夫妻相會。這個說法比較早，後來又有一種說法，牛郎織女本是玉帝身旁的金童玉女，天界禁止凡心，可是這兩個小青年互相愛慕，犯了天條，被玉帝逐出天庭，這個說法就可以和《創世紀》的「失樂園」相提並論了。彌爾頓寫《失樂園》，揉進基督的救贖，那是西洋文學的特色，中國民間演義牛郎織女的故事，揉進佛教的輪迴，顯出中國文學的特色。牛郎織女降世為人，前後七世結為夫婦，其中最有名的一世就是孟姜女。他們一世又一世做夫妻也都像孟姜女一樣，新婚之夜就被殘酷的命運拆開，身心受盡折磨，故事作者用了「吹」的技巧，對人世情慾做出否定。七世夫妻故事同出一型，好比是一母七胎，每一世夫妻都是一個獨立的故事，每個故事各有自己的細節，作家通過這些細節來發揮創造力。直到第七世，故事作者受了中庸之道的制約，這兩口兒才有安定的生活，最後這一集也寫得最差。

說到父子衝突，我們不會忘記中國有個神話人物，叫做哪吒。這個孩子太任性了，不聽父親的叮囑，與人鬥毆，打死了海龍王的兒子，這是他吃了禁果。海龍王與師問罪，哪吒全家戰禍臨門，父親責備他，他毅然自動放逐，脫離家庭。依中國孝道，人的骨血來自父親，肌肉來自母親，因此親子關係不能解除，人子欠父母的這筆債也無法清償。哪吒居然想出一個辦法，他把自己的肌肉從骨頭上剔下來，把骨頭還給父親，肌肉還給母親，自己只剩下魂魄。哪吒的這一段經歷何等震撼人心！如此極端，如此激烈，簡直不像中國故事，中國作家多半拿不起這樣的題材，以致哪吒這個品種在中國的文學土壤上未能好好的培育繁殖，電視電影只是把他塑造成一個頑皮可愛的童話人物。最後，他也找到了他的救贖，道教的太乙真人，或者佛祖，用蓮葉藕骨給他造了一個肉體。

《舊約》裡面有一個人名叫約伯，他是上帝最虔誠的信徒，上帝也恩待他，讓他有很多兒女，很多婢僕，很多牛羊，在社會上受人尊敬。魔鬼認為約伯為了自己的幸福才對上帝忠心，這樣的信仰禁不起考驗。於是上帝和魔鬼打賭，授權魔鬼打擊約伯，魔鬼弄得約伯家破人亡，窮得像個乞丐，而且生了難以治療的皮膚病，用瓦片搔癢。但是約伯始終沒有背叛上帝，上帝贏了。最後，上帝恢復了約伯的一切幸福和地位，而且比以前增加了幾倍。

有學問的人說，到了中世紀，上帝和魔鬼打賭的故事出現多種版本，我們沒有能力查考。我只知道十八世紀，德國文豪歌德寫了一部詩劇，上帝和魔鬼為了一個叫浮士德的人設下賭局，成為世界名著。浮士德這個人九全九美，只有一個弱點，他總覺得青春有限，精力有限，他的成就也有限，於是魔鬼乘虛而入。在《約伯記》裡面，魔鬼奪去約伯的一切所有，使他痛苦，迫使他背叛上帝。在《浮士德》裡面，魔鬼給浮士德青春、愛情、學術成就、社會地位，使他幸福，引誘他背叛上帝。結局都是魔鬼失敗，浮士德追逐世俗的幸福，但是世俗的幸福帶來心靈的空虛，他最後還是請求天使幫助他脫離了魔鬼。

所謂使用原型，大概就是《浮士德》和《約伯記》之間的關係，二者骨架相似，除了骨架以外，約伯是貧賤不移，浮士德是富貴不淫，人物不同，情節不同，敘述、描寫不同，作品的精神也不同。約伯神性高於人性，這是原始基督教的追求；浮士德人性多於神性，反映了歌德時代的人文思想。使用原型也可以變更局部的設計，例如你讓魔鬼勝利，上帝失敗，表示忠誠需要培養，不可任意消耗，這就是現代人的觀念了。

讀中國文學作品，我特別喜歡〈杜子春〉的故事，這位杜先生立志修道，忍人之所不能忍，堅持初衷，我讀它如讀《約伯記》。我也喜歡〈枕中記〉，也就是黃粱一夢，那位盧先生熱中功名富貴，他在夢中百事如意，想得到的一切都得到了，醒來才覺悟一切是空，我讀它如讀《浮士德》。

「替死」也是一個原型，耶穌釘在十字架上，替眾人贖罪，他死了，眾人的靈魂得以不死。《聖經》裡面替死的故事很多，耶穌受死以前，他還是個嬰兒、躺在馬槽裡的時候，埃及國王聽到預言，未來的「王」今夜在這個城裡出生。國王立刻下令把這一夜出生的孩子全數撲殺，他以為已經除去後患，卻不知聖母及時抱著耶穌逃出城外、到安全的地方去了，依基督教義，耶穌長大，布道，捨命，作王，不過這個「王」沒有政治上的意義。

我看過好萊塢出品的一部影片，科學家研究人類的未來，發覺黑猩猩即將統治世界，有一個馬戲團正在美國的某一個城市裡表演，馬戲團裡的黑猩猩剛剛產下一子，這個小猩猩長大以後就是人類的統治者。有一個科學家說不行，他不容許這樣的事情發生，他要去殺死這隻小猩猩。他找到了目標，也開了槍。猩猩母親腿部受傷，仍然可以抱著猩猩嬰兒逃走，那科學家提著手槍緊追，一路上發生許多情節，猩猩母子幾度絕處逢生。最後一場大戲在碼頭上發生，有一個馬戲團（另外一家馬戲團）正要乘船離開這個國家，猩猩母子逃進去，藏起來，科學家也追進去，看見猩猩母子，連開幾槍，這次他得手了，放心了，他沒想到這家馬戲團也有猩猩，猩猩母親也產下一個猩猩嬰兒，這猩猩不是那猩猩，這猩猩替那猩猩死了，馬戲團帶著那猩猩漂洋過海去了。你看，電影情節是不是很像聖經故事？

當然，後出者不能只會捧心效西子，也要自成國色。猩猩母子蒙難記裡面有美國種族主義者的恐懼：黑人有一天會統治白人，這種恐懼深藏在潛意識裡，電影編導輕輕的去撩撥一下，用流行的文藝腔調來說，「挑動了那根弦」，好像替他們發言。電影把行凶的科學家「獸化」了，凶狠殘忍，面目猙獰，好像精神也不太正常，電影也把猩猩母子人化了，彼亦人子也，彼亦人母也，觀眾都動了惻隱之心。電影開頭，許多科學家開會的時候，也有人反對去殺死猩猩嬰兒，理由呢，「沒有誰有權力去改變歷史的軌道」！如此這般，它也批判了種族主義。可是這一切都是我說的，電影沒有說，這一切都是觀眾自己發現的，電影沒有直接灌輸。電影以他自己的方式，把一個最大的禁忌攤開，只引起社會的思考，沒引起大眾的譴責，這就應了那句名言：藝術的奧秘在於隱藏。

有學問的人常把《聖經》「替死」的故事跟中國的《趙氏孤兒》比較。春秋時期，晉國的奸臣屠岸賈殺死趙氏全家，剩下一個初生的嬰兒漏網，趙氏的門客用自己的孩子冒充孤兒，讓屠岸賈殺死，屠岸賈就放鬆戒備，停止搜捕，真正的孤兒由趙氏的另一個門客秘密撫養。後來趙氏孤兒長大，平反冤獄，給父母報仇。原始紀錄很簡單，後來編成戲曲，寫成小說，就得使用「吹」的技巧把許多情節擴大。趙氏門客找了個孩子來替死，這孩子從哪裡來的？有人說是從別人家裡偷來的，有人說是門客程嬰自己的孩子，作家卻選擇程嬰捨子，捨子的張力比較大。捨子豈是容易決定的事情，程嬰即使自己義薄雲天，他又如何說服妻子？說服妻子又談何容易？妻子必須很難說服，這才有「戲」，程嬰必須說服妻子，說服妻子就是說服讀者觀眾。

捨子成功，趙氏孤兒由門客程嬰秘密養育，程嬰如何把孤兒撫養成人？又如何把孤兒撫養成材？戲劇和小說的作家必須「揉」進許多素材。小說有小說的辦法，戲劇有戲劇的辦法，在戲曲裡面，趙氏孤兒成了奸臣屠岸賈的義子，屠岸賈正是趙家滅門的仇人，這是「形式決定內容」，戲劇必須把所有的人物纏在一起，尤其是重要人物，必須不斷出場，不斷的互動，讓觀眾時時看得見，一步一步熟悉他，了解他，進入他的世界，孤兒不能一直藏在後台，最後忽然跑出一個復仇的王子來，觀眾不接受他。義子並不知道他跟義父有不共戴天之仇，義父義子也有感情，終有一天，義子忽然發覺天降大任，必須跟養育他的義父來一個你死我活，這戲多麼難編？多麼難演？使用原型也得有一等一的本事，不是照著葫蘆畫瓢。

這兩個故事只是同「型」，在中國，替死出於忠義，受人崇敬；在基督教，替死的意義升高擴大為悲天憫人，受人崇拜。當年楚漢相爭，項羽把劉邦圍困在滎陽，劉邦軍中有一位將軍名叫紀信，相貌跟劉邦相似，陳平定計，由紀信假扮漢王出城投降，劉邦趁機會脫圍逃走。結果當然是項羽殺了紀信，而且用火刑，不過項羽也曾勸紀信投降，紀信拒絕，可見替死之心堅決。劉邦對這樣一位將軍好像並未放在心上，成功以後對紀信沒有什麼特別的紀念，討論功人功狗的時候也沒提紀信的名字。我總覺得中國人把「替死」工具化了，我不贊成以這種態度使用替死的原型。

有一類故事統稱「人妖戀」，蛇、狐狸、老虎修煉成精，化為美女，去和凡人戀愛，起初情節簡單，後來不斷演變、發育，產生了這一類故事的文學原型。

《白蛇傳》就是從這一類故事發展成熟的，從唐代到現代，一代一代傳下來，經過無名氏、有名氏不斷增添，也就是經過許多次「吹」和「揉」，白蛇的故事就像一條河，源遠流長，沿途有許多長長短短的支流注入，成為大江。

白蛇的人身是一個既美麗又多情的女子，名叫白素貞，為了報恩，嫁給書生許仙，她帶來的似乎是幸福，不是危害，可是西湖金山寺的法海和尚仍然從許仙的臉上發現妖氣。法海為了「救許仙」，把許仙軟禁在金山寺內，白素貞為了「救許仙」，使西湖的水位高漲，以淹沒金山寺威脅法海讓步，這就淹死了湖邊很多生靈，造下罪業。最後法海制伏了白素貞，把她壓在西湖的雷峰塔下。

這個故事並沒有完全支持「封建社會」的男子特權，剝奪女子的戀愛自由，它幾乎是平等對待法海和白素貞，他們的行為都有理由，也都有過失。不錯，這兩個角色都是依照「封建社會」的規範塑造，這個故事表現了「封建社會」的「冷酷」，可是「封建社會」也有它溫柔的調劑。法海本想弄死白蛇，白蛇有孕在身，法海預知這個孩子將來要中狀元，他不能殺死未來的狀元，也不能殺死狀元的母親。他只能給白素貞一個徒刑，並且指著雷峰塔旁邊的一棵鐵樹說，白素貞的刑期等到鐵樹開花的時候結束，鐵樹號稱五百年開花一次，希望渺茫，仍然不失為一項承諾。後來白素貞的兒子果然中了狀元，民間相傳，皇上照例要帶著狀元遊覽皇宮，拜見皇后，皇后照例在狀元頭上插一朵金花。這位新科狀元到西湖「祭塔」，把皇后賞賜的簪花插在鐵樹上，算是到了法海的承諾兌現的時候，白素貞立即恢復了自由。崇拜科舉功名，母以子貴，皇恩浩蕩，多麼封建！可是對那個社會的人民大眾來說，又是多麼溫情！所以這個故事那麼受歡迎，占盡風光。

近在眼前，當代小說家李喬和李碧華都有他們自己的白蛇傳。他們仍然使用白蛇、青蛇、許仙、法海這些名字，其實是一個全新的班底，這種創作方法一般稱為改編，可是在李喬和李碧華的作品裡，人物性格不同，故事情節不同，時空背景不同，對人生的觀察和批判不同，遠超過改編的程度。他們毀壞了也再造了原來的白蛇傳，就像火鳳凰毀壞了自己，出現一個新的生命。

李碧華別出心裁，從青蛇的角度處理這個題材，青蛇從一個柔順的助手，一變而有鮮明的個性，處處採取主動。她嫉妒白蛇，勾引許仙，一度成為小三。她也勾引法海，也和白蛇有同性戀的傾向。小青突然變大，變成一條長長的魔繩，把四個人緊緊纏在一起，通常這是戲劇才有的結構，也許因為這個緣故，名導演徐克把它拍成電影。最後，白蛇的兒子並沒有中狀元，而是在文革時期當了紅衛兵，壓在塔底的白素貞並非刑滿釋放，也不是如田漢所寫由小青率領各洞神仙劫獄營救，而是紅衛兵小將們破除四舊拆毀雷峰塔，這個奇幻的結尾給白蛇的故事染上了現實的色彩。

李喬也有他的深刻和精采。他安排白素貞修成菩薩，雷峰塔也是藏經塔，白素貞有了難得的機緣在裡面潛心「閱藏」。既然要成菩薩，當然不宜產子，所以胎兒在母腹中自然消失，憑著神通，已經發生的事情可以沒有發生。既然成了菩薩，雷峰塔就是神龕，不再有釋放的問題。法海和白素貞的衝突就是理智和情感的衝突，結果「情」的化身完全勝利，修成正果，「菩薩」本來就是有情。「理」的化身完全失敗，他得負起冷酷固執荼毒生靈的責任，變成一塊大石頭。李喬給這個故事濃厚的宗教色彩，許多情節都來自他對佛教的了解和共鳴，也來自他對性情的發揚和支持，他巧妙地調和了二者的分歧。

佛教擅長使用小故事宣揚教義，很多很多小故事集中在佛陀名下，成為經典的一部分。說故事也是文學作家的本門功夫，在作家眼中，佛門經典也是文學作品，也是後世文學創作的原型。佛教否定男女情欲，佛陀常常演講正面表述，也常常說故事側面表述。他說山邊、水旁、樹下，來了一個術士，術士吐出一只壺，壺中出來一個女子，兩人共宿。術士熟睡了，女子也吐出一只壺，壺中出來一個男子，和她共宿。約摸到了術士要醒的時候，女子教男子回到壺中，再把壺吞到肚子裡。術士醒來，教女子回到壺中，他也把壺吞回肚子裡。這個故事寫人物口中吐出飲食男女，當下作樂，構想奇特。它表示「每一個男人心中都有另外一個女人，每一個女人心中都有另外一個男人」，揭露普遍的人性。「心中」的男女別人不知道，除非他說出來或做出來，現在別出心裁讓他「吐出來」，這就是藝術手法。「吐出來」不可能，但讀者忘記了計較判斷，只覺得新鮮有趣，加上三分心有戚戚，這就是藝術的感染力。理所當然，這個故事成為後世許多故事的原型。

後出的作品中，有人把主角「術士」改成外國道士，山邊樹下換成狹小的籠子，籠子裡的空間比道士的體積還小，但是道士能鑽進去容身。他在籠子裡吐出杯盤酒菜婦人，一同快快樂樂的吃喝。酒足飯飽，沉沉入睡，那婦人也從口中吐出一個男子，跟他繼續享樂。那道士好像快要醒了，婦人連忙把情夫吞回去。道士醒來，也把婦人和杯盤吞回去。道士帶著籠子行走江湖，到處表演，他不但能使用籠子，也能用其他容器，隨地取材。他來到一個吝嗇的財主家中，運用法術，先把那財主心愛的馬弄進甕中，後把財主的父母裝進壺中，強迫他散財行善。

這個故事模仿第一個故事，繼承了精華，也增添了情節，可惜精華部分（也就是口中吐出這個那個）跟第一個故事連文字也沒有多大差別，用今天的眼光看，接近抄襲。第二個故事的作者知道他的故事要含有不同的意義，加入了劫富濟貧，可是「意義」並非出於精華部分，而是後續一段自己的構造，好像兩個故事勉強拼湊起來，上氣不接下氣。他也是使用「延長法」，可惜效果不好。

還有第三個故事。一個書生能進入鵝籠，跟鵝並排坐在一起，由人背著行走，也沒增加重量。途中樹下休息，書生口中吐出女子和杯盤酒菜，一同進食，這是第一次組合。書生醉了，女子口中吐出另一個男人，一塊兒喝酒，這是第二次組合。等到女子醉了，也睡了，那第二個男子口中再吐出一個女子，第三次組合。到了書生快要醒來的時候，第三次組合的男人連忙把身旁的女伴吞回去，第二次組合的女子又連忙把自己的男伴吞回去。輾轉併吞以後，只剩下第一次組合，那書生和他從口中吐出的女子，好像除此以外什麼事情也沒發生。書生醒後，慢慢的把第一個女子和餐具吞回去，繼續上路。

第三個故事也是以第一個故事為原型，他也取用了最精采的情節，人從口中吐出這個那個，又吞回這個那個。他把兩次男女組合延長為三次，顯示情欲之海有數不盡的癡男怨女浮浮沉沉。第一個故事結尾，作者明白指出女子難以守貞，第三個故事，作者只有敘述，不作評論，把解釋權釋放給讀者，類似近代的短篇小說。

天下事無獨有偶，這裡那裡都有同型的事件，作家使用原型也可以算是取法人生。台灣省政府新聞處曾經公開徵求劇本，揭曉後，有人檢舉得獎的作品抄襲了他的劇本，兩部戲的故事都是在狂風暴雨之夜，一個女子獨自出門，被一個陌生的男人強暴，女子因此懷孕，生下一個孩子。孩子漸漸長大，做母親的在報紙上刊登廣告說明事實經過，給孩子找父親，不料有六個男人前來報到，這六個人都幹過同樣的壞事。新聞處要求得獎人說明，得獎人拿出一張某年某月某日的報紙來，上面登著一條如此這般的新聞。他向新聞取材，並不是向別人的作品取材。人生中同型的事件層出不窮，一個人寫了，其他的人可以再寫。不過，所「同」者應該只是「型」，後出者要有自己的情節，自己的表述方式，自己的創意。

今天的作家使用原型，多半是向古代的經典或民間的流傳取材，躲開著作權法的禁制。近人的作品受法律保護，除非經過原作者允許，他人不能以任何方式使用，雖然也有人「飢寒起盜心」，那種行為應該另外討論。文學創作鼓勵你繼承遺產，站在巨人的肩膀上，法律又保障作家的智慧財產，不許侵犯，都是為了促進文學的發展，一收一放，猶如汽車的煞車和油門，但是分寸微妙，說來話長。

亦師亦友談模仿

南朝劉宋的皇帝自命為大書法家，當時在他朝中為官的王僧虔是王羲之的後人，那是當代公認的大書法家。有一天皇帝忽然問王僧虔：你的書法第一？還是我的書法第一？皇帝怎麼提出這個問題來，莫非他覺得王僧虔是他的壓力、是他的障礙？這一問，問得微妙，問得凶險，今天的人也許不能體會。在今天，一個國家可以有許多權威，政治上、藝術上、道德上、宗教上各有各的第一，可是在帝王專制的時代，一國之內只能有一個權威，政治上、藝術上、道德上、宗教上的權威都是他，皇帝，如果皇帝認為他在書法上的權威受到王僧虔的挑戰，王僧虔也許就要大禍臨頭了！

這個問題很難回答，王僧虔既不能說實話，也不能說謊話，說實話，王僧虔第一，那是無禮；說謊話，皇帝第一，按照儒家的道德標準，那是無恥。而且天威難測，皇帝怎麼忽然跟我計較這個？依今天的說法，這是挑戰，王僧虔怎樣回應，關係重大。王僧虔很高明，他說我的字在人臣中第一，陛下的字在君王中第一。他來了個分組比賽，我不跟你在同一個標準下競爭，結果產生了兩個冠軍。這個答案漂亮，同時維持了君王的尊嚴和自己的品格。皇帝怎麼會接受這個答案呢？好歹皇帝也是個書法家，他知道書法家各有自己的風格，帝王的氣象、格局，臣子萬萬難以比擬，在這方面，帝王只能和帝王比，不能和臣子比，分組比賽的辦法正是表示對皇帝的尊敬，也對皇帝的書法做出高度的肯定。

天下事無獨有偶，到了清朝，乾隆皇帝問一位高僧：皇帝大還是佛大？這個問題也很凶險，莫非皇帝感覺佛教對皇權的威脅？依佛教教義，佛高出眾生，高僧倘若實話實說，可能引起教難。依世俗尊卑，大清皇帝統治一切，諸佛不過是入境的宗教移民，高僧倘若遷就現實，降低了佛門的高度，喪失了傳播的優勢。這位高僧怎樣回答？他也來了個分組比賽，他說：在眾民之中皇帝最大，在三寶之中佛最大。乾隆皇帝也接受了這個答案。佛教的教義有「世間法」和「出世法」之分，佛陀的統治權跟皇權並不在同一個空間，皇權至上並不影響佛法至高。在現實社會中，三寶是社會上的一個組織，每個組織內部都可以有他的最大，例如軍隊，一連之中，連長最大，一團之中，團長最大，但是全軍之中，統帥最大，三個答案並不矛盾。

我們談模仿，用歷史上這兩個小故事開頭。看起來，好像清朝的高僧模仿了南朝的書法家。人非生而知之者，人人一面生活一面學習，「學」這個字的本義就是「效」，效法。模仿是學習必須的手段，也是到達「創新」之前必經的過程。三百六十行，行行有模仿，咱們這一行，寫作，並不例外。同行有人不屑於談模仿，恨人家說他模仿，束手縛腳，藏頭露尾，不能發現別人的優點，自己也施展不開。

在這裡談模仿，我先找一些大作家來壯膽。王勃的「落霞與孤鶩齊飛，秋水共長天一色」，寫得非常好，好到什麼程度？好到產生了神話。在王勃之前，大作家庾信寫過「落花與芝蓋齊飛，楊柳共春旗一色」，王勃當然讀過。李太白先寫「相看兩不厭，只有敬亭山」，辛稼軒後寫「我見青山多嫵媚，料青山見我應如是」，鄭板橋再寫「我夢揚州，便知揚州憶我」，都很好。陶淵明先寫「不喜亦不懼」，白樂天後寫「無戀亦無厭」，蘇曼殊再寫「與人無愛亦無嗔」，也都很好。崔顥在黃鶴樓上題詩：「昔人已乘黃鶴去，此地空餘黃鶴樓，黃鶴一去不復返，白雲千載空悠悠。」太白見了，為之擱筆，可是後來他仍然提起筆來：「鳳凰台上鳳凰遊，鳳去樓空江自流。」詩中有崔顥的手印，怕什麼！仍然是一等一的好詩。

言情小說《花月痕》裡有一首詩，後面兩句是「濁酒且謀今夕醉，明朝門外即天涯」。我寫過一句「出門一步，就是天涯」。有人寫過「出門一步，即是江湖」。有人寫過「出門一步，就是異鄉」。有人寫過「今天是家中的驕子，明天是天涯的浪子」。我想我們都和《花月痕》脫不了關係。

新文學許多名句背後彷彿有本尊。看周夢蝶：「去年的落葉，今年燕子口中的香泥。」想想周邦彥：「新筍已成堂下竹，落花都上燕巢泥。」看鍾梅音：「若我不能遺忘，這纖小軀體，又怎載得起如許沉重憂傷？」想想李清照：「只恐雙溪舴艋舟，載不動，許多愁。」看朱自清：「燕子去了，有再來的時候；楊柳枯了，有再青的時候；桃花謝了，有再開的時候。但是聰明的，你告訴我，我們的日子為什麼一去不復返呢？」想想晏殊：「夕陽西下幾時回？無可奈何花落去，似曾相識燕歸來。」

於是，「我在離金字塔三四百米的地方彎下腰，抓起一把沙子，默默的鬆手，讓它撒落在稍遠處，我低聲說：我正在改變撒哈拉沙漠」。接著就有「向大海中撒一把鹽，說我製造了海」。於是，「你不能兩次插足在同一河水中」，接著就有「你可以回到起點，但已不是昨天」。於是，換湯不換藥，換瓶不換酒，換衣服不換人，換作料不換菜。這樣的句子陸續產生。抗戰後期，國軍的口號「一寸山河一寸血」，勝利後知道，老早就有一寸山河一寸灰，一寸山河一寸金。

胡適之曾有豪言壯語：「不讓孔丘朱熹牽著鼻子走。」有人認為脫胎石頭和尚的「不向如來行處行」，如來走過的路他不走。他是唐代著名的禪師，雖然我們知道禪宗解脫有快捷方式，讀到他這句話還是有些驚訝。有人替他解釋，他所謂「如來」是泛指當時各宗派當家掌門的「大師」。作家中間有人強調創新，反對效法古人，提出「不踩著福樓拜、托爾斯泰的腳印走」，像是胡適的和聲，有人乾脆說「不向李杜行處行」，那就是石頭和尚的回聲了。心中的意見是反對模仿古人，口頭表述的時候不能脫離古人，也可見「模仿之必要」了。

五四運動興起的白話新文學，以除舊布新成軍，實際上也不能免於模仿。

魯迅〈我的失戀〉：

我的所愛在山腰；想去尋她山太高，低頭無法淚沾袍。
愛人贈我百蝶巾；回她什麼：貓頭鷹。
從此翻臉不理我，不知何故兮使我心驚。

我的所愛在鬧市；想去尋她人擁擠，仰頭無法淚沾耳。
愛人贈我雙燕圖；回她什麼：冰糖葫蘆。
從此翻臉不理我，不知何故兮使我糊塗。

我的所愛在河濱；想去尋她河水深，歪頭無法淚沾襟。
愛人贈我金表索；回她什麼：發汗藥。
從此翻臉不理我，不知何故兮使我神經衰弱。

我的所愛在豪家；想去尋她兮沒有汽車，搖頭無法淚如麻。
愛人贈我玫瑰花；回她什麼：赤練蛇。
從此翻臉不理我，不知何故兮——由她去罷。

魯迅這首詩可以說婦孺皆知，當年編國文教科書，必須有魯迅作學子師表，大師的小說太長，雜文不適合青少年學習，選來選去，都是選這首詩和散文〈秋夜〉，於是「我家有兩棵樹」和「由她去罷」等新潮文句深入不見天日的深宅大院和不蔽風雨的茅屋陋室。這首詩整體模仿漢代張衡的〈四愁詩〉：

我所思兮在太山，欲往從之梁父艱，側身東望涕沾翰。
美人贈我金錯刀，何以報之英瓊瑤。
路遠莫致倚逍遙，何為懷憂心煩勞？

我所思兮在桂林，欲往從之湘水深，側身南望涕沾襟。
美人贈我琴琅玕，何以報之雙玉盤。
路遠莫致倚惆悵，何為懷憂心煩怏？

我所思兮在漢陽，欲往從之隴阪長，側身西望涕沾裳。
美人贈我貂襜褕，何以報之明月珠。
路遠莫致倚踟躕，何為懷憂心煩紆？

我所思兮在雁門，欲往從之雪雰雰，側身北望涕沾巾。
美人贈我錦繡緞，何以報之青玉案。
路遠莫致倚增嘆，何為懷憂心煩惋？

詩分四段，各段以同樣的句式回環往復，每段注入不同的內容，這個形式我們應該學習，可惜那時國文教師不能從這個角度發揮。若論這首詩的內容，那時還是《少年維特的煩惱》塑造青少年的戀愛哲學，大師這種「打油」的態度，尚有輕佻儇薄之嫌，教師既不能認可，也不敢否決。當年大師寫好了這首詩，寄給北京的晨報副刊，晨報副總編輯代理總編輯不准刊登，副刊老編孫伏園大怒，打了副總編輯一個耳光，立即辭職。這位副總編輯由於偶然的機緣，在文學史上留下了名字。

據說魯迅寫這首詩諷刺徐志摩，所以稱為「戲作」。後來世風演變，年輕人不願再為愛情吃苦，離合去留之間沒那麼嚴肅，大師一句「由她去吧」或者有教化之功。

魯迅有一篇散文，題目是〈風箏〉，並非「戲作」，倒也模仿了日本作家志賀直哉的〈清兵衛與葫蘆〉（我讀的是吳昭新的中譯）。兩篇作品的內容情節對照如下：

清兵衛（是個孩子）愛葫蘆，小弟（也是孩子）愛風箏。

清兵衛每天沿街看商店裡的葫蘆，小弟時時看天上的風箏。

清兵衛買許多葫蘆，保養葫蘆，小弟秘密製作各種風箏。

老師認為清兵衛沒出息，「我」認為小弟沒出息。

父親打碎葫蘆，「我」撕毀風箏。

志賀直哉暗示老師和父親錯了，魯迅明白表示「我」後悔了。

從前的父母師長用一個刻板的模式塑造孩子，埋沒天賦，戕害心靈，魯迅一直有嚴厲的批評。可以想像，他某一天讀了志賀直哉的〈清兵衛與葫蘆〉，又興起「救救孩子」的熱情，馬上寫成這篇〈風箏〉，表示回應。他一點也沒避諱整篇模仿。

瘂弦有一首詩，以「溫柔之必要」為基本句型，一連用了十九個「必要」，反映了社會變化產生的無奈，一切的必要帶來的是不必要。一個句型通篇到底，前無古人。瘂弦在一九六四年寫成的這首詩，觸動了台灣的潛意識，這樣一首詩，使愛詩的人津津樂道、琅琅上口。呆板的句型、瑣碎而沒有邏輯關聯的涵義，仍然有輕快流利的節奏，而且釀造喜趣。這首詩有多人仿作，名詩人陳育虹也有一篇。

陳育虹以「活著之必要」開篇，以下有三十四句「必要」，又以「活著之必要」結束。意象切斷，節奏跳躍，不在話下。也許因為她的「必要」比瘂弦多，常把好幾個「必要」組成一段，「自由之必要無所事事之必要散步之必要發呆白日夢之必要」是一段，我們看的這幾個「必要」相互之間有關聯，「巴哈之必要一點點任性之必要無可無不可之必要寫詩之必要玻璃天窗之必要」另成一段，這一段裡面的幾個「必要」似乎相互之間沒有關聯，找書不易，以我在網路上搜尋所見，這些句子都不加標點，這就使全首詩蒙上夢幻般的色彩。

兩個天才不會彼此完全相同，陳育虹和瘂弦時代背景不同，成長的經歷不同，他們的詩更沒有理由相同，陳育虹模仿瘂弦，大既是喜歡〈如歌的行板〉所創的形式，偶一為之。他們都用一個一個「必要」拼圖，拼出來的是兩個不同的圖畫。

瘂弦以「必要」成詩，陳育虹繼之，北島以「一切」成詩，舒婷繼之。北島說「一切都是命運／一切都是煙雲／一切都是沒有結局的開始／」等等。舒婷說「不是一切大樹都被暴風折斷／不是一切種子都找不到生根的土壤／」等等。朋友們如果認真研求，可以上網或者買書讀他們的原作。我們為什麼要讀書？原因之一，書裡有那麼多成品可以供我們取法，可以斟酌損益，觸類旁通。讀書，我們才知道有人寫到黑森林去獵一隻黑鳥，有人寫到黑屋子裡去捉一隻黑貓，有人寫到黑海裡去捕一條黑魚。當年前賢有人強調作家的要務是去生活，不是讀書，他大概是安慰沒機會讀書的人，那年代遍地都是失學的青年。

古人吟詩作文也常常整篇模仿。蘇東坡的琴詩：「若言琴上有琴聲，放在匣中何不鳴？若言聲在指頭上，何不於君指上聽？」這位大詩人提出來的問題怎麼這樣奇怪，琴聲當然在琴上，不在指上，指上縱有聲音，也是掌聲，彈指聲，不是琴聲。手指的作用不是自己發聲，而是撥動琴弦使它振動發聲。後來知道蘇東坡以佛經經文為藍本寫成這首詩，其中有佛理，我們就得重新說起了。

《文殊師利問經》記述佛告文殊師利：我們鼓掌的時候，聲音是從左手發出來、還是從右手發出來？如果是某一隻手發聲，為什麼一個巴掌不響？佛接著提出答案，兩個巴掌才拍得響，因緣合在一起才有成就。蘇東坡的詩只提問題，沒有答案，一方面表示詩要含蓄，留著一半讓讀者去想，一方面也表示這個問題還可以有另外的答案。

我們由「左手發聲還是右手發聲」，可以聯想佛經的另一個故事：風動還是幡動。回顧一下：琴鳴還是手指鳴，左掌有聲還是右掌有聲，風動還是幡動，它們像三胞胎似的三姐妹一同走來。我們一向認為「風動還是幡動」不是問題，佛教禪宗就是要打破你我的約定俗成，你我的理所當然。慧能大師說，不是幡動，不是風動，是心動。（倘若沒有心，那就沒有風也沒有幡。）有人進一步說，風動還是幡動，要看你關心的是幡還是風，以幡為主體，幡動，風是幡的推力，以風為主體，風動，幡是風的徵候。《三國演義》記赤壁之戰，欲破曹兵，須用火攻，萬事俱備，只欠東風。發動總攻擊的那天夜晚，大家緊張的望著戰船上的旗幟，看它什麼時候動，往哪個方向動，他們不是等幡動，他們等風動。

鄭板橋有一段名言，提倡難得糊塗，他傳世的墨寶有這麼一件：「聰明難，糊塗難，由聰明而轉入糊塗更難。放一著，退一步，當下心安，非圖後來福報也。」他是見到一位隱士，隱士的硯台上刻了一段銘文：「得美石難，得頑石尤難，由美石轉入頑石更難。美於中，頑於外，藏野人之廬，不入富貴門也。」他喜歡那一段話，就用模仿表示對那位隱士敬禮。

談來談去都是模仿，那麼創新怎麼辦呢？我們都不會忘記創新，作家藝術家的天職是創新，但是創新沒法教，也不能學，老師只能教世上已經有的東西，你學書法，他可以教你秦篆漢隸，教你王羲之柳公權，你只能學世上已經有的字，不能學世上還沒有的字。既然世上有個王羲之，你寫王羲之就不是創新了，就是二手貨了。創新是無中生有，教學是有中生有，有中生有是模仿，廣義的模仿。也許是這個緣故，先賢有人說寫詩寫小說都沒有方法，不能訓練，也許是這個緣故，有些作家藝術家去坐禪，去學密宗，他把創新當作一種神秘經驗，有些音樂家試驗用電腦作曲，用自動的機械作畫，為的是擺脫古今音樂家和畫家的支配。

不過這並不是最後的結論，許多大師級的作家藝術家留下證詞，他們都有一個學習的階段，這個階段很長，很辛苦，很動人。有一位書法家每天寫幾千字，把眼睛寫壞了，有一位書法家寫禿了幾百枝毛筆，堆成一個小小的「筆塚」，有位畫家畫了一萬張畫，全部燒掉再畫。畫家，書法家，都模仿到可以亂真，可以為老師代筆。作家也一樣，他不是逢年過節才寫一首詩，他幾乎天天寫詩，每首詩都反覆修改，「一詩千改心始安」。散文作家朝夕揣摩，把自己的內容裝進別人的形式裡，或者把別人的內容裝進自己的形式裡，樂而忘倦。他們「也向如來行處行」，也曾「踏著托爾斯泰的腳印走」，這是作家成長的一個階段。「李侯有佳句，往往似陰鏗」，連大天才李白也不例外。

這些人專心模仿，後來怎麼能創新？他們並不是只向一個人學習，他們前後向很多人學習，學了一家又一家。王羲之「學書先學衛夫人」，打下基礎，然後他學李斯、曹喜、鍾繇、梁鵠、蔡邕、張昶。柳公權起初學二王，學王羲之、王獻之，然後學歐陽詢、虞世南、褚遂良，最後還去學顏真卿。大藝術家也有老師，他不止一位老師，借用杜甫一句詩，這叫「轉益多師是汝師」。

杜甫自己說「頗學陰何苦用心」，他學過陰鏗、何遜。鄭板橋自己說「少年好游治學秦柳，中年感慨學蘇辛，老年淡忘學劉蔣」，他學過秦觀、柳永、蘇東坡、辛稼軒、劉過、蔣捷。鄭板橋也是畫家，他學過徐渭，傳說他自稱「徐青藤門下走狗」。齊白石學篆刻，先後學過丁龍泓、黃小松、趙之謙、吳昌碩，還有天發神讖碑、三公山碑，最後看見「秦權」，刀法再變，秦權是秦朝鑄造的一種砝碼，上面有文字。袁子才用一首詩說明他自己的一段歷程：「我道不如掩其朝代名姓只論詩，能合吾意吾取之，優孟果能歌白雪，滄浪童子亦吾師。否則三百篇中嚼蠟者，聖人雖取吾不知。吁嗟呼！崑崙太華山自高，終日孤倨殊寂寥，其下瀟湘武夷亦足供遊遨。」

轉益多師，收集了很多藝術要素和表現技法，這些東西會在你心中化合，彷彿蜜蜂採百花以成蜜。這個內在的化合物經過創作活動，改變了你的作品，你本來寫張像張，寫李像李，今後你的作品再也不是某張某李的模樣，裡面卻含有某張某李的成分。這時候，你自成一家了，也就是創新了。以後你會成為別人模仿的對象，原創出世正是要供人模仿，作家的全程是始於模仿別人，終於被別人模仿。文化發展的軌跡是少數創造、多數模仿，創新要能夠引起模仿才有意義。每一次創新都是文化遺產的總量再加上一，文化遺產就是這樣豐厚起來。

王德威教授梳理這一段發展，描述為「似父，弒父，是父」，很新穎也很有趣。作家要先找到一個權威，一個教父，一筆一畫學他，亦步亦趨學他，直到你學到跟他十分相似，似父。然後，你得離開他，企圖超越他，在藝術上背叛他，弒父！另外去找一個教父，再一筆一畫學他，亦步亦趨學他。經過轉益多師，你成家了，創新了，你就是權威、就是教父了，是父。然後呢，大概是你每天坐在講台上，等人家來「弒父」。

成方成圓談結構

談靈感怎麼會談到規矩方圓？靈感是莫之為而為、莫之至而至，靈感是行雲流水，出乎天然，這話沒錯。但是靈感不等於作品，由發生靈感到完成作品，還要經過一些努力，作家以寫出作品為目的，不以得到靈感為已足，靈感是忽然來了，作品是慢慢營造，我們不妨探討一下這後面的路怎麼走。

說個比喻，靈感是受孕，作品是成人，就算行雲流水吧，是夏天「勃然作雲」、還是七月七看巧雲？是大江東去、還是一水護田將綠繞？每一種景觀都有若干條件。就說蓋房子吧，據說貝聿銘大師從中國的隸書得到靈感，設計了一棟建築，他得把心目中一剎那出現的建築移到紙上，經過精密的計算，畫出藍圖，再經過密集的勞動，把紙上的建築移到地上。文學作品也彷彿如是。

通常作家寫出作品要經過三個階段：構意，構詞和構型，「文無定型」？不拘一型也是型，千人千面也是面，作家藝術家都「搜盡奇峰打草稿」。某一位大師說，靈感和作品同時完成，也就是構意、構詞和構型三位一體，也許他指大天才，也許指「即興」的短小之作，至於那「十年辛苦不尋常」呢，那「成似容易卻艱辛」呢，顯然並不是這樣。靈感應該是構意，稍縱即逝，所以收稅的人來敲門，詩人就沒有第二句了。構詞，把靈感固定下來，所以作家隨身帶著鉛筆和小卡片。小卡片上寫的只是筆記、速記，還得納入藝術形式，這就面臨我們要說的結構。

結構千變萬化，沒錯，「世上有多少作品就有多少種結構」，這話也不算太誇張。可以補充的是，結構千變萬化，還是有一些基本形式可以觀察比較，世上有多少作品就有多少種結構，應該加上「創新的」或「成功的」三個字限制一下。先有創新的或成功的作品，後有理論上的結構，這些結構可以重複使用，可以變化使用，從善如流者可以多一些選項，除舊布新的人當然也可以棄置不用，引以為戒。把結構從前賢的作品中抽離出來展示給寫作的人看，應該對眼前寫作的人有些幫助。

我喜歡前賢留下來的三種結構：串珠式，結網式，纏球式。

先說串珠。你左手握著一把珠子，右手捏著一根線，這是材料，你用這根線把珠子穿起來，穿成項鍊、腕鍊，或者珠花，就成了作品。什麼是「珠」？端午龍舟競渡，橋上站滿了觀眾，船在橋東，觀眾都站在橋面的東側看，等到參賽的船通過橋底，船到了橋西，觀眾一齊轉身撲向橋的西側，橋立即塌了，一百多人掉進水裡。那些不會游泳的，看看就要淹死，事起倉卒，岸上的人來不及救援。幸而河邊有個茶館，門裡門外擺了不少方桌長凳，老闆一聲令下，夥計們搬起桌子凳子往河裡丟，落水的人抓到手，可以當救生圈使用。這是一顆珠。我在回憶錄《關山奪路》寫我經歷的國共內戰，有些地帶由雙方軍隊輪流占領，你進我退、你退我進如同走馬燈，這個地段的學校和鄉鎮政府要準備兩張照片，一張蔣介石，一張毛澤東，誰的軍隊來了掛誰的照片。有一個鄉長使用同一個鏡框，正面的照片是蔣，反面的照片是毛，他隨時可以把鏡框翻過來，不失時機。這也是一顆珠。

為什麼稱之為珠？第一，它光潔新鮮；第二，它圓潤可愛；第三，它獨立自足。古人在他們寫的筆記裡留下許多這樣的珠子。中國文人有寫絕命詩的傳統，絕命詩和定情詩、除歲詩、下第詩一樣是詩的一個大系。孫蕡臨刑口占絕句：「鼉鼓三聲近，西山日又斜，黃泉無客舍，今夜宿誰家？」行刑後，監斬官照例要向皇帝覆命，皇帝照例問孫蕡有什麼遺言，監斬官回奏留下一首詩。皇帝見了詩十分震怒，問：「有此好詩，何不早奏？」竟連監斬官也殺了。你看，「珠」就是這個樣子，藏在人海裡，作家要有能力去發現、去採集。

傳統的小說家都是採珠的高手，在《紅樓夢》裡面，寶蟾送酒，晴雯撕扇，襲人補裘，黛玉葬花，都是「珠」。《紅樓》、《水滸》所以令人愛讀，除了「大處著眼」另有獨到，「小處著手」的秘訣即在「串珠」。中國那些成語，守株待兔、望梅止渴、愛屋及烏、東施效顰、狐假虎威、畫蛇添足，也都是珠。

清人筆記中有這麼一個故事：大戶人家娶媳婦，上下忙成一團，到了夜晚，小偷乘亂而入。誰料小偷黑夜中碰倒一根梁木，被梁木砸死了。全家驚慌愁苦，唯恐要為這場人命官司傾家蕩產。新媳婦有膽識，認出那死去的小偷是鄰家男子，想出解圍的辦法。她吩咐準備一口木箱，把屍體裝進去，命家人把木箱悄悄放在鄰家門口，輕輕敲兩下門，立刻躲開。死者的妻子聞聲開門，以為木箱是丈夫偷回來的贓物，連忙把木箱拖進家中，用心藏好。她等到天亮還不見丈夫的蹤影，忍不住打開箱子看看，看見丈夫的屍體，心裡明白，口中卻不敢聲張，只好默默的把丈夫葬了。這件事稍微複雜，經過我們常說的「吹」，也就是擴充放大，可以成為一個短篇小說，如果維持原來的結晶體，也可以當「珠」。

珠是一個一個掌故，一個一個軼聞，一個一個神怪傳說，一個一個美麗的錯誤，串珠是你把它們組織起來，你得有一根線。《西遊記》就是用串珠式結構寫成的長篇小說，那根線是唐僧取經，小說家用這根線把九九八十一難穿起來，這八十一難並不都是「珠」，據說是遷就佛家的「九九歸一」，硬湊成這個數目。也許要打個對折，一半是珠，其中有瓷珠、玻璃珠、塑膠珠，再打一個對折，有四分之一，像流沙河、火焰山、盤絲洞、烏雞國，都是珍珠。

《儒林外史》也是串珠式的小說，當時多少讀書人庸俗醜陋，完全悖離了聖賢之道。周進參觀貢院考場，看見那一排用木板隔成的小小空間，想到自己屢試不中的辛酸，號啕大哭，以頭撞板，頭破血流，這是一顆珠。范進得知中舉後發狂，母親竟喜極而死，是另一顆珠。嚴監生為人吝嗇，臨死的時候看見油燈裡有兩根燈草，為了省油，指示家人減少一根燈草才斷氣，也是一顆珠。這些可恥可笑的行為引起小說家的憤怒，他要把這些醜態一一展示給天下後世看，詩言志，《儒林外史》也言志，這個「志」就是「線」。以線穿珠，每一部分都精采，全體當然精采。

虹影的長篇小說《飢餓的女兒》，三百五十頁，一氣讀完不覺其長，魅力正是來自「串珠」。例如，一青年死於武鬥，「他的母親正在家裡編織絨線衣，聽到噩訊，鋼針插進手心，一聲未叫得出來，中風死去。」還有，時隔十三年，有人將自己的親屬從墓區挖出來重新安置，嚇得魂飛魄散，「是冤鬼哪，冤鬼！」頭顱骨全變成綠色。有人說是由於射進腦子的銅子彈，隨著腦子爛成水，染得滿顱骨銅綠。虹影從黯淡的人生中尋出許多晶瑩剔透的事件，敘述簡潔，不事空泛的抒情，以事件的本身去震撼讀者，正是古人筆記的三昧。古人的筆記是一盤散沙，而虹影真個是聚沙成塔。在那個嚴重匱乏的年代，虹影告訴我們，一家之中，吃得最少的人最受尊敬，這句話也是珍珠。

如果作品只有一根主線，可以串珠，串珠是單線延長。如果作品有好幾根主線，這些線不可能平行，一定彼此交叉，那就「結網」。像《三國演義》，一時多少豪傑，曹操請劉備喝酒，論天下英雄，兩條線交叉了。陳宮放了曹操，曹操殺了呂伯奢，三條線交叉了。劉備東吳招親，牽動孫權、周瑜、喬國太、喬國老，還加上一個趙雲，五條線交叉了。你看赤壁之戰，那是多少人聚在一起幹出來的大事，既聯合又鬥爭，那是多少根線織成的一張網！大處著眼，《三國演義》，三個國家的角力，三條線，每條主線都有許多珍珠，軍事鬥爭、外交鬥爭、政治謀略鬥爭，三條主線互為影響，向四面擴充，由合久必分開始，到分久必合收場，盤踞了一個很大的面積。

我們來觀察一下《西遊記》，這部長篇小說的源頭是玄奘寫的《大唐西域記》，弟子慧立寫的《慈恩三藏法師傳》，都是線形結構。如果採用網式結構呢，可以設想，當玄奘師徒走出國門的時候，所有的妖魔鬼怪同時出現，他們要開戰略會議，商量如何擄獲唐僧，他們推舉領袖，分派任務，他們也要約定得手以後如何分享戰利品，吃唐僧肉。可以設想，他們都有私心，暗中拉幫結派，爾虞我詐。這種既聯合又鬥爭的局面，潛伏著變數，這個變數是唐僧脫險的機會。玄奘這一邊也有弱點，一如《西遊記》裡面所寫，「唐僧懦弱多疑，八戒愚蠢多欲，悟空尚武不文」，他們一路上犯了許多錯誤，這錯誤是妖魔得手的希望。

在串珠式結構裡面，唐僧取經，沿途妖魔都想吃唐僧肉，但是他們各自為戰，每個妖魔有自己的地盤，唐僧要走進他的地盤，雙方才交戰，一旦唐僧師徒走出他的地盤，他就從故事裡淡出。在網式結構裡面，眾妖魔一擁齊上，且戰且走，各成員息息相關，每一個妖魔的言語行動都會影響別人，或者影響另一個妖魔，或者影響唐僧師徒，唐僧師徒的言語行動也影響妖魔。佛經上說「此起故彼起，此生故彼生」，武俠小說家古龍說「人在江湖，身不由己」，都一語道破結網的秘密。

「此起故彼起，此生故彼生。」馮夢龍由這句話得到靈感，他編織了這麼一張網：某個地方有一座廟，廟裡供著一尊用木頭雕成的佛像。村子裡有一戶人家很窮，到了冬天，沒有燃料做飯，他到廟裡去偷那尊佛像，把佛像劈開當柴燒。村子裡有一個木匠，他到廟裡去燒香拜佛，發現佛像不見了，他回家雕了一尊佛像，送到廟裡供奉。那個窮人到處找燃料，他聽說廟裡又有佛像了，他再去偷，那個木匠，那個佛教徒，也趕緊再去補充。

一年又一年，年年冬天都是這樣。後來，偷佛像的人和雕佛像的人都死了，閻王審判他們的靈魂，毀壞佛的金身是大罪，那個小偷罪業深重，要下第十七層地獄。那個木匠，那個不斷為佛陀造像的人，受的處罰更重，閻王把他打入第十八層地獄。為什麼呢，閻王說，正因為你造了那麼多佛像，他才毀壞了那麼多佛像，佛的金身才受到這麼多的汙辱，要不然，那個小偷哪裡有機會造這麼嚴重的惡業？

這種互動如果特別密集激烈，恩怨情仇、你死我活都在一個狹小的空間裡面滾動，如同近身肉搏，毫無緩衝餘地，這時結構由平面變為立體，就出現了我們所說的「纏球」。

且說我國的宋朝有北宋南宋之分。宋朝本來建都在北方，現在的河南開封，後世稱為北宋。金兵攻破宋朝的首都，把徽宗欽宗兩個皇帝擄去了，把許多后妃公主也擄去了，北宋滅亡。趙氏王朝在北方不能立足，偏安江南，稱為南宋。

金國把徽欽二帝當僕人使喚，給擄去的后妃公主指定了丈夫，或者當作性奴隸。這就是岳飛說的「靖康之恥」。徽宗有個女兒，柔福公主，也成了金人的戰利品。四年以後，有一個女子自稱是從金人手中逃出來的柔福公主，向南宋的朝廷報到，宋高宗派人盤問測試，認為她是真的，就給她恢復了公主的身分，也給她招了駙馬。

可是又過了若干年，金國把韋太后放回來了，添了個人，添了一條線，也添了交叉互動，出現變數。太后說，柔福公主早就死在金國了。太后當然是最有力量的證人，高宗立刻採信，經過一番嚴刑拷打，把這個冒牌的公主殺了。這個柔福公主到底是真的還是假的呢？有些學者說，她是真的，她和太后一同做俘虜，知道太后那些「失節事小、餓死事大」的故事，太后既然回到南朝，重建自己的尊嚴，必定要殺她滅口。

朝代興亡是大事，也是常事，如果只是「幾時真有六軍來」，如果只是「直把杭州作汴州」，一番觸景傷情，一陣感慨悲涼，一些撫今憶昔，情感、意念向前延伸，可能委婉曲折，但沒有交叉，也沒有目的，就像散步一樣，那是串珠。現在出現了柔福公主，她有奮鬥的目標，攪動了一池星斗。南宋朝廷的許多人物跟著出現了，有人懷疑她，測試她，拷問她，她的奮鬥遇到阻礙。彼此在互動、交集、摩擦中延長，像編織一張網。測試，拷問，一道一道關卡，每過一關，那是她和對手的一次碰撞，一次交叉，一切在作家的安排下進行，一如蜘蛛結網。

最後又出現了太后，太后說，這個柔福公主是假的，不得了，已經結束了的事重新開始，每個人物又站到第一線來。拿線條作比喻，太后、公主、南宋皇帝纏在一起了。面對一個足以毀滅王室尊嚴的人，一個可能毀滅自身幸福的人，這是什麼樣的矛盾！面對一個想殺人滅口的太后，這是什麼樣的危機！每個人都封閉在宮廷之內，沒有逃避的空間，彼此都緊繃神經，不敢懈怠。每一個人都是中心，都牽髮動體，每個人的位置都是一個洞察全域的視角，整個事件為之立體化，如果這是線條，這是纏得多麼緊，多麼像一個球！

抄一個不知出處的小故事：小彼得問他的媽媽：「我長大以後，是不是一定和對門的小瑪麗結婚？」他的媽媽驚問此話怎講，小彼得說：「妳不准我到別的地方去玩，我們這條巷子裡又只有瑪麗一個女孩。」你看，這個小彼得感覺自己纏在網裡了，倘若其他條件不變，以後勢必越纏越緊。《紅樓夢》裡賈、林、薛的三角關係變成死結，也是因為大家都是拴在一根線上的螞蚱。倘若賈寶玉早些出家，「此滅故彼滅」，這個球就散開了，《紅樓夢》說不是冤家不聚頭，我說聚了頭才成為冤家。這樣看來，串珠式好像比較容易，織網次之，纏球最難。

有一個男人內耳疼痛，去看醫生，醫生從他的耳朵裡取出一粒水鑽來，這是一顆「珠」。如果這個耳痛的男人由太太陪著去看醫生，醫生從他的耳朵裡取出一粒水鑽來，太太一看，這顆水鑽並不是從她的首飾上掉下來的，那麼它是從哪裡來的呢？這就牽扯到第三者，三個人有了交集，這就是網。再發展下去，三個人的關係越來越密切，越來越緊張，也越來越不能甘休，這就出現了「纏」。

在《白蛇傳》裡面，白娘子和許仙在西湖相遇，借傘定情，如果小兩口兒不斷曬他們的恩愛，像《浮生六記》的閨房記樂那樣，就是串珠。偏偏出現了一個和尚，他把許仙和白娘子的婚姻關係定性為人妖戀，抬出佛法來干涉，三根線開始編網。偏偏小兩口兒不聽話，白娘子又有反抗的能力，幾個回合下來，網纏成了球。白娘子代表人的情感，法海和尚代表人的理智，那個許仙承受兩方面的壓力。「情感」教人做喜歡做的事，「理智」教人做應該做的事，我喜歡賭錢，牧師說應該戒賭，牧師就代表理智。有人聽了牧師的話戒賭，經過多次掙扎，終於成功了，寫下來，串珠。有人賭了又戒，戒了又賭，跟老婆離婚，跟兄弟姐妹斷交，跟賭友打架，大家從此不理他，寫下來，結個網，也就是了。可是因為某種理由，或者兄弟之間還有遺產繼承的問題，或者夫妻離婚之後還有孩子的監護權，彼此不能一拍而散，甚至因為已經撕破了臉，鬥起來窮凶極惡，更沒有顧忌，這就要纏球。

串珠，結網，纏球，究竟使用哪一種結構，要看你有什麼樣的素材，這叫「內容決定形式」。赤壁游江，清風徐來，水波不興，吹吹簫，唱唱歌，談談人生觀，適合串珠。漁夫出海，在大海中晝夜漂流，終於釣到一條大魚，在釣竿釣線的兩端，人和魚一場生死搏鬥，終於……適合纏球。你表現滄海月明珠有淚，是一種寫法，表現還君明珠雙淚垂，是另一種寫法。你處理畫餅充飢，巴爾扎克在桌子上畫一塊牛排，是一種寫法，處理望梅止渴，曹操說了一句「前有梅林，可以歇馬」，暗中派人打前站燒開水去了，要另一種寫法。

慧立寫玄奘取經過流沙河，「沙河八百里，上無飛鳥，下無走獸，復無水草。逢諸惡鬼奇狀異類繞人前後」，這是扁平的記敘，到了小說裡面，過流沙河就得有事件，事件裡面有阻礙和如何越過阻礙，這一部分就要放大，照明。這時候，你發現形式決定內容，形式是串珠，你得把流沙河變成一顆珠。《西遊記》第二十二回，流沙河裡有一個妖怪，不許玄奘通過，八戒和悟空聯手作戰，無功。這妖怪本來也是上界仙人，只因犯了過失，謫放到流沙河來，經常吞噬過往行人。悟空八戒三戰不勝，求觀世音菩薩幫忙，菩薩派使者收伏妖怪，使他拜玄奘為師，為取經效力，將功折罪。這「最後一個徒弟」法名悟淨，就是沙和尚。慧立筆下的流沙河寥寥數語，到了吳承恩筆下變成六千多字，滿足結構上的要求，寫作的人跟這一手功夫叫「吹」，像吹氣球一樣，使一個扁平的記述膨脹起來，有空間，有張力。

心理學有個名詞叫「劇化」，看不見的起心動念轉變成看得見的言語造作，就像演戲。不能光說我累了，他喝醉了，不能光說「他是武松，他很勇敢」，不能光說好可愛喲，好可怕喲，好煩喲，好小氣喲。報館裡來了個新編輯，常常受總編輯責備，生了一肚子悶氣。有一天他買了一個西瓜，特別選了紅瓤的瓜，左手捧著西瓜，右手拿著切西瓜專用的大刀，他說我請總編輯吃西瓜，咚的一聲把西瓜放在總編輯的辦公桌上，手起刀落把西瓜劈開，然後咔嚓咔嚓一連幾刀，刀尖對著總編輯伸出來又收回去，收回去又伸過來，刀上帶著血紅的西瓜汁。他這是幹什麼？這就是劇化。

電影向小說或舞台劇取材，或是借重作家的名氣，爭取他的讀者，或是看中作品的創意，可以借題發揮，至於題材內容，通常填不滿那個叫做「戲劇結構」的模子，編導需要切去贅肉，隆鼻染髮，甚至取它的基因重新造人，這就是「形式決定內容」，這樣一來，原作的微言苦心就不見了，所以蕭伯納曾經反對好萊塢改編他的劇本，小說家福克納為好萊塢工作的那一段經歷，文學史家稱之為艱難歲月。

一般而言，小說是「內容決定形式」，多半不適合照樣搬上銀幕。如果哪一位小說家了解電影，對電影有情，他在取材布局的時候就顧到懸疑、伏線、笑料、高潮、人物動作、背景畫面，他能滿足改編劇本的需要，在某種程度上，他讓形式來決定了內容。改編電影以後，這本小說所受的「損害」很小，我們樂觀其成。不過這本小說在電影的製片和導演眼中並不是小說，而是戲劇的「本事」，有些文友對這件事有非議。

談結構談到「形式決定內容」，也許過分強調結構的重要，談結構談到「形式決定內容」，也算是談得很透徹了。

有隱有顯談比喻

愛因斯坦的「相對論」改變了世界，到底什麼是「相對論」，沒幾個人能說明白。據說有人當面向愛因斯坦請教，得到如下的答案：女朋友握住你的手，十分鐘你也覺得很短；你把手放在火爐上，一分鐘也覺得很長。

有人說這個故事是瞎編的，不會有人向愛因斯坦提出這樣唐突這樣幼稚的問題。有人說這個答案不是愛因斯坦的，它是推行通俗教育的人假設的、代擬的，這個答案並不是科學的答案，它是文學的答案。

好，文學的答案，在文學裡面，這樣的答案叫比喻，也叫譬喻。比喻不等於事實，而是你通過它可以了解事實，這個了解也未必很準確，很全面，往往是偶然會意，彷彿得之，然後，文學的受眾也就欣然忘食了。文學家說你可以用好幾種方法使用比喻，「相對論」為什麼難懂？因為太抽象，有人用一件非常具體的事情來摹擬它，這是「比」，經過這樣一比，你說我知道了，這叫「喻」。

使用比喻的另一個方法是以簡單喻複雜。唐朝末年，中國分裂成「五代十國」，趙匡胤篡奪了其中一個國家成為宋太祖，他即位以後，南征北討，統一天下。他興兵滅南唐，南唐派大臣徐鉉求和，徐鉉說，南唐一直稱臣納貢，是一張乖乖牌，朝廷何必興兵？宋太祖一句話就把徐鉉堵回去了：我的床鋪旁邊怎麼可以有別人呼呼大睡？宋太祖用的是比喻，是文學的答案，不是政治學答案，政治複雜，「臥榻之旁」簡單。

還有一個方法，用熟悉的事物比喻陌生的事物，「雲想衣裳花想容」，我們常常看見雲和花，誰也沒見過楊貴妃，李白這麼一形容，好像看見了。從前孟夫子周遊列國推銷儒家的仁政，梁襄王問他為什麼行仁政可以使天下歸心，孟子拿田裡的莊稼作比喻說給他聽，仁政是個什麼玩藝兒，國王沒見過，莊稼什麼樣子，他見過，中國以農立國，周天子每年春天到郊外去表演耕田，當然是象徵性的。孟子說天氣乾旱的時候，田裡的禾苗奄奄一息，老天爺下一場雨，禾苗就挺胸昂首生機蓬勃，現在全中國都在鬧政治性的旱災，人人盼望政治性的甘霖，他說老百姓都翹首望天，看天上有雲沒有，他說得很生動，容易懂。

還有一個方法，以具體喻抽象，宗教家都擅長這個方法。例如佛家說「一即一切，一切即一」，太抽象，不好懂，弘法的人說「千江有水千江月」，天上有月亮的時候，江河湖海中都有月亮，水中的一切月亮都是天上那一個月亮，天上那一個月亮就是水中所有的月亮。很具體，好懂。他們也說「萬花即春，春即萬花」，春是一，花是一切，這更好懂，我們也說「萬紫千紅總是春」，百花中有春色春意春季節，春色春意春季節中有百花。

耶穌布道也喜歡比喻，他的門徒曾經問他為什麼不直接說個明白，可見他用過的比喻非常多。佛家用的比喻都有人記下來，很豐富，增加後世說話作文的技巧，基督說過的比喻也有記載，很少，很可惜，可以想像有很多很多「文學的答案」都失傳了，我懷疑這筆損失影響後世基督教傳揚福音的效果。耶穌十二門徒中間有個彼得，本來打魚為生，耶穌勸他「跟從我，我要教你得人如得魚一樣」。這個比喻實在精采，彼得馬上丟下漁網。耶穌在野外布道，從地上摘下一朵百合花，他對聽眾說：「所羅門王朝的榮華還不如這一朵花呢！」通常世人的想法是，花開花謝時間短促，人生在世的好日子也一樣，耶穌更有創意，有權勢的人馬上會失去他的權勢，有金錢的人馬上要失去他的金錢，花開花謝的時間也比他長。耶穌最出名的一句文學語言是：「富人進天國，比駱駝穿過針眼還難。」好誇張！語不驚人死不休。還有，他說：「一粒麥子，若不落在地上死了，仍舊是一粒，倘若死了，就結出許多子粒來。」他這樣比喻殉道，很有煽動力。千載之下，我們也有了「落紅不是無情物，化作春泥更護花」。比他柔和。

比喻是修辭的一種技巧。「修辭學」把這門功夫分得很細，我們在實踐的時候用不著那麼瑣碎，經過歸併，比喻有兩大類，一是明喻，也叫直喻；一是暗喻，也稱隱喻。明喻，就是我們常說的「甲像乙一樣」。有時候，我們不把甲說出來，我們只說乙，但是針對著甲，這叫隱喻。

「比喻」是文學寫作極重要的手段，作家應該是擅長使用比喻的人，大作家往往是「創造比喻」的人。有學問的人說，語言文字是一種粗糙簡陋的工具，只能說個「大概」、「彷彿」，它的功能天生是「比喻的」，作家既然擅長使用語言文字，當然擅長使用比喻。這個提示使我發現我們說話幾乎離不開比喻，例如「生」這個字的意思本來是「草木生出土上」，我們說「生孩子」，也就是說像種子發芽一樣，「發生」，也就是說像竹筍由地下冒出來一樣。學生，像新生的小草一樣，學派的創始者被人稱之為什麼什麼之父，後繼者被人稱之為某某精神上的子孫，生生世世，就像「離離原上草，一歲一枯榮」。

動物的巢穴叫「窩」，一個人居住的地方也叫窩，人的家像獸的窩，「外面的金窩銀窩，不如自己的草窩」。一群人的根據地也可以叫窩，這地方是那一群人的家，也可以叫老窩、老巢、老根據地，根據地也是比喻，像樹根抓住這一片土地。某地是某人的勢力範圍，「範圍」也是比喻，那地方好像他用圍牆圍起來，他說出來的話就像法律。我們也說某處是某人的地盤，「地盤」也是比喻，「這裡好像是他家盤子裡的東西」。

明喻，甲像乙一樣，每朵花都像要出嫁的新娘一樣。在這個句子裡面，花是「喻體」，被喻之物，新娘是「喻依」，用作比喻之物，這些專門術語暫時不要管它。他喝酒就像喝水一樣，他花錢就像風飄落葉一樣。農夫辛苦得像他的牛一樣，也快樂得像樹上的鳥一樣。學生擁抱考試，就像開山築路的工人擁抱大石一樣。如此這般，我們都做過這樣的練習。

倘若只有這一個句式，未免單調，先行者教我們變化。「甲像乙一樣」，第一，省掉「一樣」，只說「甲像乙」。像大江入海，他走了，像大年夜的煙火，那麼快就消失了。第二，「像」也可以換成「似」，五月榴花紅似火，冷風急勁，弦也似的走在草葉上。第三，也可以換成「如」，如日之升，如月之恆，如南山之壽。第四，也可以換成「想」，雲想衣裳花想容。第五，也可以換成「是」，戀愛的時候是四月天，結婚以後是十二月天。

有時候，你可以完全離開「甲像乙」的句式。他的舌頭上裝了彈簧，這就離開了如簧之舌。雨下得太大了，天河決堤啦，這就離開了大雨傾盆。不說愛情像咳嗽，說「愛情與咳嗽不能久藏」。不說「問君能有幾多愁，恰似一江春水向東流」，說長江斷流的時候我斷念。不說江山如畫，說掛在牆上的江山。《舊約》詩篇活用比喻：「天離地有何等的高，祂的慈愛也何等的深，東離西有多麼的遠，祂使我的過犯也離我多遠。」

像開門見山一樣，開卷見比喻。以熟悉之物比陌生之物，例如日本關東軍跟溥儀的關係，好比手與手套的關係，手套是空的，是死的，要手伸進來才起作用。以眼前之物比難見之物，例如李進文的警句：死亡只不過是貓追毛線球追到較遠的角落玩耍而已，始終有一條線與生者相連。以具體之物比抽象之物，例如梁淑華譯文：習慣始如蛛絲，終如大廈。為了補救語言文字的缺點，為了把不容易說清楚的事物說得明白一些，理應如此。不過「講清楚、說明白」並非文學作品唯一的目標，在創作實踐上也有人反其道而行。

小說家黃孝陽寫《旅人書》，事件不是常情常理想當然耳，語言也不是文從字順眾口一詞，他用比喻也不守成規，以地獄火苗比眼神，以「一隻微微鼓起、不含有人類感情的眼睛」比月亮，他說：「她的樣子像一個好心腸的巫婆。」他形容某人的表情像瀕死之人的臉。凡此種種都是用陌生比熟悉，用沒見過的比見過的，他這樣營造一個地球上沒有的人間。村上春樹也說，深而冷的沉默，如同被封閉在冰河裡的五萬年前的石頭，誰又見過這樣的石頭？民間俗語也說，某人的臉像吊死鬼，誰又見過吊死鬼？但是這麼一說真能散放出一種氣氛來。

在學習的過程中，許多人都是先熟識明喻，後操練隱喻，可以說，明喻是隱喻的基礎。明喻是「甲像乙一樣」，隱喻是不說「甲」，只說「乙」，他的意思是說「甲」，只是字面上看不見。引狼入室，「狼」是一個壞人；雲遊四海，「雲」是一個和尚；風行一時，「風」是一個歌星。拿破崙說：「一隻老虎帶一群羊，羊也變成老虎；一隻羊帶一群老虎，老虎也變成羊。」他不是說老虎和羊，他是說將軍和士兵。林肯做美國總統的時候，財政部長帶領銀行代表團晉見，部長說，這些銀行家都對國家忠心，《聖經》上說：「你的錢在哪裡，你的心也在哪裡。」林肯回答，《聖經》上還有一句話：「屍首在哪裡，鷹也在哪裡。」他說的鷹應該是兀鷹，專吃動物的屍體。林肯的意思是，什麼地方可以賺錢，什麼地方有商人，鷹和屍首都是隱喻。

蘇東坡的詞：「明月幾時有，把酒問青天。不知天上宮闕，今夕是何年。我欲乘風歸去，又恐瓊樓玉宇，高處不勝寒。」表面上是中秋對月，實際上是說，我有罪下放密州，很掛念朝廷，也不知朝中發生了什麼大事沒有，我很想回到朝廷盡我的心力，只怕很難適應那裡的政治生態。宋神宗讀到他這首詞，認為蘇軾對朝廷還是很忠心。這一番政治表態如果直白說出來就俗氣了，蘇東坡把它放進明月、天上、乘風、瓊玉、高寒，一連串比喻裡，而且隱去被喻之物，洗盡俗塵，給我們一個「碧海青天夜夜心」的境界。這首詞也因此可以脫離原來的語境，代換意識型態，超越時空限制，至今沁人心脾，隱喻對美文的貢獻亦大矣！

前賢說，用比喻，以乙喻甲，甲乙只是局部相似，並不需要完全相同。愛情像咳嗽一樣，兩者只在「不能久藏」這一點上成立。「美文」以引起美感為目的，比喻是重要的手段，它可以釋放想像力，產生催眠作用，發現萬物之間的新連結。一般而言，美文的讀者容易和作者合作。倘若寫論辯的文字，比喻往往誤事，對方可以抓住甲乙不相似的部分加以發揮，推翻你的說法。你說「除惡如農夫除草」，他會說，農夫也需要有草餵牛，農夫也種草皮賣給城裡人美化庭園。你說「有奶便是娘」，他反問孩子也喝牛奶，牛也是他娘？這樣，比喻就只見其短了。

既然兩詞僅有部分相似，一個「用作比喻之物」可以為不同的「被喻之物」服務，可以一詞多喻。例如「雲雨」：翻雲覆雨，指它變幻不定。蛟龍得雲雨，指客觀的條件俱足。巫山雲雨，指愛情的訊號。「日月」：日月經天，指永久不變。壺中日月，指光陰歲月。日月重光，指政局清明穩定。仲尼日月也，最高權威，人人景仰。竹，虛心，有節，挺直，不肯折斷，指君子；但是，竹，外表堅硬，內裡空虛，根部見縫就鑽，軀幹迎風折腰，不能成為棟梁之材，指偽君子。草，指平民，香草，指君子，十步之內必有芳草，指好人；天涯何處無芳草，可以指淑女，可以指人才，還可以指小人。

當年新文學以革命的姿態出現，前賢排斥成語典故，認為那是陳腔濫調，必須革除。幾十年實踐下來，成語典故都可以當作比喻使用，都還有很強的表現力。合浦珠還比喻失而復得，青梅竹馬比喻兩小無猜，自相矛盾可以和「自己搬石頭砸自己的腳」並存，越俎代庖可以與「狗拿耗子，多管閒事」並存，與虎謀皮可以與「請鬼抓藥」並存。根深柢固，鬼斧神工，披荊斬棘，翻雲覆雨，仍然可以是生力軍，文章之道，在乎「把最恰當的字放在最恰當的位置上」，成語典故是否陳腐，是否有表現力，大半由上下文決定，不由辭典決定。

比喻不限一句，你可以使用一連串比喻描述一個景象、一種心情，這一串比喻要「同質相關」。如果浪子是落葉，家庭就是枝幹，風是流浪的資訊方向，土地就是異鄉。如果浪子是轉蓬（你在好萊塢拍的西部片裡看見過，乾枯的蓬草在風中糾結，在地上滾動，地上的斷草黏合上去，球形越滾越大），枯草黃葉就是盲流，風就是某種壓力，例如戰爭、飢荒或者革命。如果浪子是浮萍，水就是動盪的環境，土地是可望不可得的安定社會。中國以農立國，古典文學以椿樹代表父親，以萱草代表母親，以棠棣代表兄弟，以芝蘭玉樹代表子孫，一連串比喻沒有超出植物的範圍。

《詩經》有一段祝福之詞：如山、如阜、如岡、如陵、如川之方至、如月之恆、如日之升、如南山之壽、如松柏之茂，「九如」。《金剛經》形容世事：一切有為法，如夢幻泡影，如露亦如電，「六如」。梁任公才氣大，他說老年人如夕照，少年人如朝陽。老年人如瘠牛，少年人如乳虎。老年人如僧，少年人如俠。老年人如字典，少年人如戲文。老年人如鴉片煙，少年人如白蘭地酒。老年人如別行星之隕石，少年如大洋海之珊瑚島。老年人如埃及沙漠之金字塔，少年人如西伯利亞之鐵路。老年人如秋後之柳，少年人如春前之草。老年人如死海之瀦為澤，少年人如長江之初發源。一連十八個比喻，連弩射向一個稻草人，不能抵擋，無法躲閃。

六十年代，詩人余光中在美國講學，寫大品散文〈咦呵西部〉，描述自己駕車橫貫美西大平原，善用比喻。詩人風華正茂，有「春風得意馬蹄疾」的豪情，高速行車，想像當年美國開發西部時的光景，從中取喻，自成系統。西部大地空曠，「任你射出眺望像亞帕奇的標槍手，抖開渾圓渾圓的地平線像馬背的牧人」。亞帕奇，印第安人的一支，驍勇善戰，遠距離投射標槍是他們的戰技。馬背牧人，當年西部以牧牛為業，管理牛群的人，所謂牛仔，騎在馬上，往來馳騾，他們能抛出繩圈套住奔牛，當然也能套住敵人。「如果有誰冒冒失失要超車，千仞下，將有一個黑酋長在等他，名字叫死亡。」白人來開發西部，處處和印第安人爭地，長期激戰，黑鷹酋長使白人婦孺聞風喪膽。

當年西部洪荒，野獸出沒，詩人屢次以豹喻車，他稱汽車為「底特律產的現代獸群」，底特律，美國汽車工業的重地。「所有的車輛全撒起野來，奔成嗜風沙的豹群。」「耍耍眼，幾條豹子已經竄向前面，首尾相銜，正抖擻精神，在超重噸卡車的犀牛隊，我們的白豹追上去，猛烈地撲食公路。」形容車隊，詩人說形成一條長長的蜈蚣，不說長龍。多少西部片都有重大事故在賭場發生，詩人用輪盤喻汽車的方向盤，不用羅盤，「方向盤也是一種輪盤，賭下一個急轉彎的凶吉」。

如前所述，我們可以在一句之中用一個比喻來形容某一事物，這一句用的比喻和那一句用的比喻不相關聯。進一步，我們也可以在一段之中用多個比喻來敘述某一事物，各個比喻互相有默契，連成一系。再進一步，我們還可以整篇文章裡的比喻都從一個系列中產生，或者說都納入一個系列，而且可以不寫「喻體」（被喻之物），只寫「喻依」（用作比喻之物），把整篇文章做成一個隱喻，這時，你我就不是寫這篇文章用了比喻，而是用比喻寫成這篇文章。可以說，這是我們追求的高級目標。

隱喻的用處比明喻大，花樣也更多。且看蘇格拉底怎樣用隱喻教學。蘇格拉底有一個著名的學生，柏拉圖，問老師什麼是愛情，他們談話的地點在郊外，前面是一片稻田，稻穗已快要成熟了。蘇格拉底教柏拉圖從這一片稻田穿過去，揀一個最大最漂亮的稻穗回來。他規定一直往前走，穿過稻田，不能回頭，而且只可摘一枝稻穗，摘到手以後不能更換。柏拉圖照著老師的話去做，結果空手回來，他說他從頭走到尾不能決定哪一枝稻穗最好，總以為最好的是下一個，誰知越往前走稻穗的成色越差，走到盡頭才發現那最大最好的稻穗都錯過了，他一個稻穗也沒有摘到。蘇格拉底對他說：「這就是愛情。」請注意，在這個比喻裡面，「喻體」占的篇幅很大，可以獨立，「隱喻」已經高於修辭方法成為文學體裁。

佛教的《百喻經》記載佛陀說過的許多比喻，我們都拿來當作文學作品閱讀。佛陀說，有一個劇團到各地巡迴公演，長途跋涉，在山中樹下過夜。這天夜裡氣溫降得很低，有一個演員被冷風吹醒了，就抓來一件戲服穿上保暖，這件衣服恰巧是扮演羅剎鬼穿的。另一個演員也凍醒了，睜眼一看，旁邊坐著一個羅剎鬼，大叫一聲，起身就跑。這一叫驚動了大家，紛紛奔逃。那個穿戲服的演員並不知道一場虛驚由自己引起，心慌意亂，也緊緊跟在大家後面。跑在前面的人，看到羅剎鬼從後追來了，跑得更快，有人跌傷了，有人被樹枝岩石擦傷了，直到天亮才弄清事實真相。

這個故事以劇團比社會，以戲劇比人生，以演員比每一個人，以山林露宿比人生如寄。人穿上戲裝，指人世百態都是「假象」，大家以為見鬼，指人在假象中迷惑顛倒，誤穿戲服的人不知道自己的模樣，指人不能自覺，天亮代表「悟」，識破假象，放下執著。因為文中所有的比喻都是隱喻，所以字面上看不見社會、人生、寄旅、假象、迷惑顛倒、覺悟，只看見演員、山林、羅剎鬼、逃命、天亮。於是這篇作品有一部分寫成了文字，有一部分沒寫成文字，一而二、二而一，互相依存，寫出來的這一部分可以單獨存在，流傳，供人欣賞，另有解讀，不必顧到它原來的寓意。做到這一步，就是象徵了。

求新求變談造句

在這個大標題下面有三個小標題，先談漂亮的句子人人愛，再談漂亮句子人人學，最後是漂亮句子人人變。先要有眼光發現什麼樣的句子是好，還要能虛心吸收人家的好，最後從別人的「好」裡面變化生新，有自己的「好」。

前賢說，好文章就是「好的意思說得好」，句子漂亮就是「說得好」。說得好，人家愛聽；說得好，人家愛看；說得好，人家愛用，引用、借用，或是盜用。盜用使人不舒服，但是你不能因為有小偷就不興家立業。

什麼叫「漂亮」？觀摩比定義重要，這裡找些樣品給你看。

你的眼神是我眼神的家。（陳義芝）

我注視你的眼睛，你的瞳孔裡就會出現我的影像。你的瞳孔成了我的家，表示我經常看你，不大去看別人。倘若我看你、你不看我，我也沒法進入你的瞳孔，我之所以能以你的瞳孔為家，由於我看你、你看我，「相看兩不厭」。只有在我們深情對望的時候，我才有歸屬感，我的靈魂才不致流離失所。

這一番解釋太囉嗦了，也許你因此有了比較，可以看出一句話「好」在哪裡。

你的腰不彎，別人就不能騎在你的背上。（馬丁．路德．金）

這位馬丁．路德是美國民權運動的領袖，一生奔走呼號為黑人爭平等，改變了少數民族在美國的地位。他的演講很動人，留下一些名言警句。美國的黑人本來都是白人的奴隸，林肯解放黑奴只是開了個頭，那些表現在法令規章、生活習慣上的平等，需要每一個黑人隨時隨地注意爭取，人家看你是黑奴，就想騎在你的背上，你不要認為自己是黑奴，彎下腰來伺候著。

當一個人打算欺負另一個人的時候，他照例要估計對方接受的程度，俗語說，看你的飯量給你盛飯。古聖先賢的說法是「心必自侮而後人侮之」，「君子不重則不威」。這些話當然很好，只是千百年來被無數人引用，太熟悉了。馬丁．路德這句話比較陌生，顯得新鮮，再加上是大白話，親切得多了。

錢財是可怕的主人，但也是極佳的僕人。

「支配金錢，不要受金錢支配。」另一個說法是「人用錢，不是錢用人。」都是老生常談了。「錢財是可怕的主人，但也是極佳的僕人。」這話也來自翻譯引進，它的「好」處是：

第一，不用「人」做主詞，用「錢財」做主詞，給它一個更重要的地位，提高我們的戒心。

第二，用「主人」和「僕人」做比喻，把它人格化了，顯示它跟我們有密切的人際關係，很難隔離擺脫。

第三，再加上「可怕」和「極佳」兩個相反的形容詞，使我們覺得金錢是鋒利的雙面刃，必須正確對待。

結論：金錢只可做僕人，不可做主人。這個說法「好」多了。

古人說「世路難行錢當馬」，今人說「金錢不是萬能，但是沒有錢萬萬不能」。都說明錢是有效的工具，也就是「極佳的僕人」。工具不是目的，如果唯利是圖，見利忘義，問題就多了。這樣說就囉嗦了。

我只是個戲子，永遠在別人的故事裡流自己的眼淚。（席慕蓉）

說得好！演員扮演林黛玉，「滴不盡相思血淚拋紅豆」，人家說那是林黛玉的眼淚，不是她的眼淚。演員扮演魯智深，「漫搵英雄淚，相別處士家」，人家說那是魯智深的眼淚，不是他的眼淚。

其實都是他的眼淚，演員表演，必須化身為劇中人，全部投入，不復有我，所以說他在別人的故事裡流自己的眼淚。眼淚是血的變形，血是生命的具象化，他為別人的故事消耗自己的生命。何止一個「戲子」如此！何止一個故事如此！千言萬語都在這一句話裡了！

唐詩的名句：「苦恨年年壓金線，為他人作嫁衣裳。」成語：為人作嫁。年年在新嫁娘穿的衣服上繡花，新娘都是別人。刺繡也大量消耗生命的能量，可是永遠為了別人，不相干的人，不喜歡的人。刺繡究竟是平面，是靜態，也是單一，戲劇有生旦淨末丑，有忠奸善惡，悲歡離合，比喻的功效更強烈。

生命確實是黑暗，除非有熱望；所有的熱望都盲目，除非具有知識；所有的知識都是無用的，除非有工作；所有的工作都是空虛的，除非有愛。（紀伯倫）

讀這幾句話，想起使徒保羅說過「有信、有望、有愛，其中最大最要緊的就是愛」。

保羅的話列入聖經，信望愛三者並列，讀者一時弄不清它們的內在聯繫。紀伯倫補足空隙，畫出階梯。我們及身所見，熱望成為盲從，知識不能實踐，工作等同殘酷，曾經造成多大的災難，紀伯倫以寥寥數語說個透徹明白。

我們來把紀伯倫的話重讀一遍：生命中有熱望就有光明，熱望有知識引導才有正確的方向，能知能行就會逐步接近目標，實踐需要毅力，毅力由愛產生，不由恨產生，才會得到你在黑暗中盼望的結果。

善哉！

台北的巷弄，一盤快下完的殘棋。棋盤上的笑聲和童年，即將被汽車逐個擠出局外。（胡寶林）

作者說，台北市巷弄縱橫，好像棋盤，住在這些巷弄裡的男女老幼，猶如棋盤上的棋子。隨著經濟發展，都市建設的專案一個一個「上馬」，馬路拓寬，平房改建大樓，原來的居民由中心區搬到郊區，再由郊區搬到鄉鎮，舊日門巷逐漸消失，或者苟延一時。

「世事如棋」，原是表示灑脫達觀，胡氏卻藉棋寫出現代都市的一番滄桑，那個「殘」字觸目驚心。把人比成棋子，本來表示貶意，胡氏卻藉棋子表現小市民的無辜與無助。棋子落到棋盤以外，就是死子與棄子了，而「笑聲童年」彷彿猶眷戀原地，

「江流石不轉」，震撼行人。讀胡氏的個人網頁，得知他有「在這些巷弄中玩耍的經驗，深覺人行空間的重要，對現代都市中汽車吞噬人行空間現象感到焦慮」。他是如此高明的處理了這一段經驗。

忘記了什麼人說過，小城可愛，大城不可愛，但是小城遲早會變成大城。也說得很好。

讀者看見好句子，止於反覆欣賞；作者看見好句子，進而反覆觀摩。寫文章，造句是基本功夫，新手固然要勤學，老手也不能荒廢。這就進入第二個階段，漂亮句子人人學。

練習造句，我常勸人使用句型。句型是句子的基本模式，可以比照複製，這樣寫出來的句子很健全。現在到處可以看見不健全的句子，有些評論家說這些句子「得了小兒痲痺症」。句型是這種病症的預防疫苗。

大作家能夠創造新的句型，但是他的大部分句子仍然使用人人共有的、通用的句型，他依然可以寫出新意象、新思想來。禪家說「橋流水不流」，教千千萬萬欣賞風景的人不要「看」，要「悟」，可謂破盡舊習，他的句型卻是約定俗成。戀人分手，旁人說情斷緣未斷。法官判被告死刑，告訴他情屈命不屈。年輕守節的寡婦，海枯淚不枯。大清朝統治剛剛征服的漢族，定下生降死不降，娼降優不降，等等。都在使用同樣的句型。想想看，用這個句型造句，把你心裡的某些意思表達出來。

成語「東食西宿」也可以看做是一種句型。本來，它的背後有一個故事。據說從前有一個家庭為女兒擇婿，東家西家都來說媒，東家有錢，但兒子長得醜，西家小夥子英俊，可惜很窮。父母問女兒願意嫁給誰，女兒說她希望「東家食而西家宿」。

這是「東食西宿」的出處，形容一個人貪利忘義，沒有原則。可是現在很多人說自己生活不安定，也用這四個字，這是「出典」和「用典」的差異，寫文言文的人說是用錯了，寫白話文的人並不在意。這又是白話作家和文言作家的差異。

如果把「東食西宿」當作一個句型，且看東成西就，表示得到了兩個，選擇了一個；東上西下，西下夕陽東上月，表示失去一個，得到另一個；東鳴西應，表示互相聯繫、彼此影響；還有東倒西歪、東挪西借等等，都可併入一類。

有東西就有南北，南方以船為主要的交通工具，北方以馬為主要的交通工具，人到全國各地長途跋涉，概括為南船北馬。溥心畬生於北京，張大千住在上海，兩人都是書畫大師，藝術界稱為南張北溥。大家意見分歧，各有各的說法，稱為南腔北調……你能從這種發展裡學到東西嗎？

讀王貞白的「一寸光陰一寸金」，我們馬上想起李商隱的「一寸相思一寸灰」。當年「一寸光陰一寸金，寸金難買寸光陰」編進《千家詩》，兒童入學以後，《千家詩》是啟蒙的課本之一，我們先讀《千家詩》，後讀《唐詩三百首》，先入為主，可能覺得李商隱用了王貞白的句型。他們兩位都是晚唐詩人，李商隱的年紀比較大，王貞白晚生了幾十年，也許李的句子在前，王的句子在後。

中國遠古時代，夏朝的禹王愛惜寸陰，這是「寸陰」一詞的由來。你看，那麼早，禹王就把時間當作一個長度予以量化。但是禹王並沒有語錄流傳下來，漢朝人說他愛惜寸陰，而且說一寸光陰比一尺美玉還要貴重。到了晉朝，又有人說禹王是聖人，我們不能跟他比，他愛惜寸陰，我們要愛惜分陰。李商隱也可能直接受漢人的影響，由光陰可以量化想到相思也可以量化，抽象的光陰可以轉化為具體的金，抽象的相思也可以轉化為具體的灰。這個過程前賢稱為「脫胎」。後來出現「一寸山河一寸灰」，形容戰爭造成毀滅，很悲涼，已經離唐朝很遠了。對日抗戰時期，號召知識青年從軍，喊出「一寸山河一寸血」，一變而為壯烈，那是近代的事了。近在眼前，更有「一寸斜陽一寸光」，描述老年的心境，失去年華，猶存樂觀。同樣的句型，表達各種不同的意念，作家並沒有受到束縛。想想看，你有什麼心思意念可以裝進這個句型？

佛經常常連續使用相同的句型，反覆申說同樣的意念，加強諄諄告誡的力量，例如「一花一世界，一草一天堂，一葉一如來，一砂一極樂，一方一淨土，一笑一塵緣」。有人精簡為「一葉一菩提，一花一如來」，表示佛法無所不在。儒門有人使用這個句型，寫下「一步一腳印，一摑一血痕」，表示腳踏實地，精到深入。近人翻譯英詩，「一沙一世界，一花一天國」，那是基督文化的思想了。

我們怎樣使用這個句型？如果痛苦是可以昇華的，可以說「一淚一詩歌，一沙一珍珠」嗎？如果痛苦是可以逃避的，可以說「一夢一福報，一醉一解脫」嗎？如果勸人謹慎，可以說「一念一禍福，一言一興亡」嗎？

有些句型，可以在基督教的《聖經》中找到前例。《創世紀》記載，上帝以男人亞當的一條肋骨為基礎，造出女人夏娃，結為配偶。亞當說夏娃是他「骨中的骨，肉中的肉」。這個句子極好，因而後來稱割據一方的封建勢力為國中之國，稱最核心的經典為經中之經，稱一國的中央銀行為銀行的銀行，稱讚偉大的作家為作家的作家。

《舊約》主張報復，有一個響亮的口號「以眼還眼，以牙還牙」，你傷了我的眼，我也要弄傷你的眼；你打掉了我的牙，我也要打掉你的牙。我們的古書裡面也有以暴易暴，後來有人主張嚴刑峻罰、改善治安，自稱以殺止殺，有人主張以外交手段使外族或外國互相牽制，維持平衡，自稱以夷制夷。

《舊約》說神給世人的愛「斤上加斤，恩上加恩」。形容苛政，形容惡法層出不窮，說是罪上加罪，命上加命，令上加令，律上加律，例上加例。我們現在也常說苦上加苦，有時候，我們也可以考慮把雪上加霜說成「雪上加雪，霜上加霜」。把錦上添花說成「錦上添錦，花上添花」，把疊床架屋說成「床上疊床，屋上架屋」。也可以變化一下，說甜上加糖，鹹上加鹽。

耶穌說，上帝的律法一點一畫也不能廢去。於是有一筆一畫學毛主席，一筆一畫學王羲之。耶穌是上帝之子，於是有了洪秀全是上帝的次子，法國是教會的長女，莎士比亞是藝術之神的長子，還有誰是戰神之子，競選的人自稱台灣之子，等等。

《聖經》嘆人生短促：「我們如同影子不能長存。」換個說法，我們如同朝露不能長存，我們如同山谷的回聲不能長存，或者他們如同春雷不能長存，他們如同雨後的虹彩不能長存。怎樣說，視前後文而定，是否比直接引用原典好一些？

學無止境，「學而時習之」的快樂也有限，文學史對作家的期許是創新，超過前人的「高」，顛覆前人的「好」，繞過前人的「大」。現在我們姿態低一點，說話的聲音小一點，我們在「學」之後求變，漂亮句子人人變。

張愛玲有一句話：人都住在他自己的衣服裡。大家公認是警句，警句者，使人驚，使人醒，使人集中注意力。哪來的魅力？因為以前沒人這樣說過，我們從未這樣想過。原來人的空間如此狹小，人所擁有的是如此貧乏。靈魂住在肉體裡，肉體住在衣服裡，衣服住在屋子裡，屋子住在市鎮村莊裡……你我只是住在自己的衣服裡。

寫成這一句名言的秘訣是，她用了一個「住」字，衣食住行四大要素中的兩個合而為一。論修辭，這個字可以跟王安石用了那個「綠」字比美（春風又綠江南岸），甚或更為精采。相沿已久的說法是人都裹在衣服裡，或是包在衣服裡，辭語固定，讀者的反應也固定，終於失去反應，視線在字面上木然滑過。作家的任務是來使你恢復敏感。

「人都住在他自己的衣服裡」，這句話真的是破空出世嗎？似又不然。東晉名士劉伶覺得穿衣也是禮教拘束，脫光了才自在，一時驚世駭俗。他的朋友去看他，勸他，他說，房屋就是我的衣服，你們怎麼跑進我的褲襠裡來了？這不是宣告他「住在衣服裡」嗎？他的辦法是把「衣服」放大了，房子是衣服，天地是房子，超級颶風過境，好大的口氣！

同一時代，另一位名士阮籍，他又有他的說法。阮籍慨嘆人生在世好比蝨子在褲襠裡，一心一意往針線縫裡鑽，往棉絮裡鑽，自以為找到了樂土，其實……阮籍用比喻，世人好像蝨子一樣住在衣服裡，他把人縮小了。

阮籍的年齡比劉伶大，但是不能據此斷定劉伶受了阮籍影響。張愛玲呢？我們只知道她的警句中有阮籍、劉伶的影子。從理論上說，作家憑她的敏感穎悟，可以從劉、阮兩人的話中得到靈感，提煉出自己的新句來。如果她的名言與阮籍、劉伶的名句有因果關係，這就是語言的繁殖。作家，尤其詩人，是語言的繁殖者，一國的語言因不斷地繁殖而豐富起來。

即使有阮籍、劉伶的珠玉在前，張愛玲仍有新意，在她筆下，人沒有縮小，衣服也沒放大，她向前一步，把人和衣服的關係定為居住，自然產生蟹的甲，蟬的蛻，蝸的殼，種種意象，人幾乎「物化」，讓我們品味張派獨特的蒼涼。張愛玲、阮籍、劉伶，三句話的形式近似，內涵各有精神，作家有此奇才異能，我們才可以憑有限的文字做無盡的表達。

警句的繁殖能力特別強，也許有關係，也許沒關係，陳義芝寫出「住在衣服裡的女人」，多了一個「女」字，如嘩啦一聲大幕拉開，見所未見。女人比男人更需要衣服，也更講究衣飾，衣飾使女人更性感，一字點睛，蒼涼變為香豔。文學語言發展的軌跡正是從舊中生出新來。

也許有關係，也許沒關係，有位作家描寫惡棍，稱之為「一個住在衣服裡的魔鬼」，他似乎把「住在衣服裡的女人」延長了。忽然想起成語衣冠禽獸，沐猴而冠。這兩個成語沿用了多少年？你怎未想到寫成「住在衣服裡的猴子」？我們往往要別人先走一步，然後恍然大悟。收之桑榆，未為晚也，我們仍然可以寫「一個住在甲冑裡的懦夫」、「一個住在袈裟裡的高利貸債主」之類等等。

又見詩人描寫無家可歸的流浪漢，說他是「住在衣服裡的人」。這句話和「人都住在他自己的衣服裡」，都是那麼幾個字，只因排列的次序不同，別有一番滋味。還記得「小處不可隨便」和「不可隨處小便」嗎？住在衣服裡的人，和「一身之外無長物」何其相近，可是你為什麼提起筆來只想到陳詞濫調呢！

英文裡頭有句話，勸人種樹愛林：「一棵樹除了影子都有用。」中國有句俗語：「要得富，少生孩子多養豬。」因為「一頭豬除了聲音都可以吃」。不過這句話有歧義，有人認為中國窮人多，食物不足，發明了許多方法去吃西洋人認為不能吃的東西，如豬腸，如魚頭。一頭豬除了聲音都可以吃，暗含諷刺。有句話批評某一個人的言行脫離共識，違反價值標準，說他「除了做人，什麼都會做」。

「上帝給我們記憶力，所以我們在十二月時仍然看得到玫瑰花。」這句話是什麼意思呢？在這裡，「看見」當然不是用肉眼看見，而是心眼看見。如果你表示悲觀，你可以說上帝給李後主記憶力，讓他在小樓東風裡看見江南的「雕欄玉砌」。或者說一個破產的人，「上帝給他記憶力，使他在今日一地黃葉中看見昔時滿篋美鈔」。真個不堪回首。如果你表示樂觀，可以說「上帝給我們記憶力，所以我們在老伴滿臉的雞皮疙瘩上看見少女的紅顏」。這就是白頭偕老、深情款款了。

再想得多一點，如果說「上帝給我們想像力」，那又如何？如果說「上帝給我們遺忘的能力」，那又如何？如果說「上帝給我們語言文字」，那又如何？這正是激發思考、鍛鍊句法的機會。

瘂弦的詩：「今天的雲抄襲昨天的雲。」抄襲兩個字用在這裡是神來之筆，引人遐想，在它的吸引之下，也曾報之以「今年的花抄襲去年的花」，「來生的緣抄襲今生的緣」，「台北的酒抄襲紹興的酒」，「上海的煙火抄襲華盛頓的煙火」，「一九八四年的春天抄襲一九四九年的春天」。

如果對「抄襲」有興趣，再想一想，「大雨的音符抄襲瀑布的音符」行不行？「莎士比亞的標點抄襲蘇東坡的標點」行不行？「張獻忠的鞋印抄襲黃巢的鞋印」行不行？鼾聲抄襲什麼？（忘記雷鳴。）夕陽抄襲什麼？（忘記醉翁。）楊貴妃的臉抄襲什麼？（忘記牡丹。）

文章造句在不停的變化之中，一連串的變化往往由某一個句子開端，能夠引發陸續變化的句子一定是好句子。寫作，開始跟著變化，後來造成變化。

靈感訪談

美學教授漢寶德談靈感

問：您是一位藝術家，也是一位藝術評論家，最近幾年，又在工作之餘，擔任《中國時報》的專欄寫作，對「靈感」一定有豐富的經驗和深刻的見解，您認為所謂「靈感」的確是存在的嗎？

答：我認為創造性的工作一定有靈感存在，尤其是偉大的創造，必定有偉大的靈感。

問：靈感也有大小之分嗎？

答：我的感覺是：有。偉大的靈感是偉大的創造的前奏，瑣碎的製作，小巧玲瓏的製作，那是來自一種比較小巧、比較單薄的靈感。

問：靈感到底是什麼？您怎麼解釋它？

答：我認為靈感是對問題一種創造性的看法，一種創造性的解決方法，它的出現是突然的，你不能預期它究竟會不會出現，究竟什麼時候出現。它是你突然產生的一種覺悟。

問：讓我想想看，我們把這個解釋應用在文藝創作上。一個作家如何完成他的一篇作品，這是他遭遇到的一個問題，他可能思考了很久，仍然得不到答案，因為他希望他寫出來的是一篇新鮮的，與眾不同的，有才情智慧的文章。直到有一天，他忽然有一個看法，他忽然得到一種方法，使他的作品能夠完成。這時候，我們就說他找到了靈感。對不對？

答：是的。我不知別人怎樣解釋靈感，我對靈感的解釋大部分是根據現代學者對創作心理活動的研究。這種創造性的心理活動，不僅是在文藝創作的時候，在其他方面，例如科學發明，也同樣會出現。

問：靈感是可以培養的嗎？

答：靈感不會無緣無故產生，它有產生的基礎。知識、經驗、思想，都是它的基礎，培養、擴大它的基礎，就是培養靈感、增加靈感出現的可能。靈感不是自天而降的，它需要我們努力。從創作心理上說，這種努力並不限於本業本行，還需要越過本行的界限，廣泛接觸，在專業之外觸類旁通。那些東西當時似乎沒有什麼用處，可是到了緊要關頭，到了靈感出現的那一剎那，許多平時看來沒有意義的東西，忽然有了新的意義；平時看來互不相干的東西，忽然連接成一種系統，一種秩序，你對問題的新看法、解決問題的新方法就在其中。

問：一個建築家，他所需要的靈感，和一位專欄作家所需要的靈感，有什麼分別？

答：給報紙寫專欄，時間的壓力很大，作者不但要保持高度的靈敏，還要保持寫作的速度，在我看來，每一篇專欄都需要靈感；不過，那是屬於所謂小的靈感，靈感產生以後，作品馬上跟著完成。建築、設計當然也需要靈感，但是，靈感的產生到作品的完成，不但需要很長的時間，而且中途難免有許多干擾，別人的意見參與進來，你必須調和、採納別人的意見。這種過程與靈感無關，甚至足以毀滅靈感。大部分的建築沒有創造性，談不上靈感，我想從靈感這個角度來說，文學家的境況要比較好些。

問：誠如您所說，建築工程牽扯的因素太多，理智的成分很強，最後完成的作品，跟最初的想法可能有很大的出入。那些中途的改變，可能使建築家喪失了他的靈感，不知道是否也會使建築家得到新的靈感？

答：如果你把靈感解釋成一種神秘的火花，那就不會；如果照我剛才對靈感的解釋，那就很有可能。我有作畫的經驗，我也有很多朋友是畫家，畫家在作畫之前，固然可能胸有成竹，然後畫出竹子來；但是也可能他原來這樣畫，實際上卻那樣畫了。我們剛才談過，報紙的方塊專欄，篇幅很短，寫作的速度很快，由靈感的出現到作品的完成，變動不大，有點像畫水彩，水彩潑下去，畫就完成了，沒有辦法修改。如果寫長篇小說，經驗一定不同，很可能一面寫作，一面修改，不僅修改文字，修改情節，也修改靈感，就像畫油畫一樣，有些畫家畫一幅油畫，畫了幾年還沒有完成，那就是因為他不斷地畫、不斷地修改。

問：從靈感的角度來說，經您設計完成的建築，您對哪一件最滿意？

答：我的本行是教書，我只在業餘做建築設計，說起來我的作品不多。

問：溪頭的青年育樂中心是您設計的吧？

答：是的。

問：在溪頭，您把建築和風景很調和地聯繫起來，到過溪頭的人都非常稱讚，認為那些房子蓋得很有靈氣。

答：溪頭是風景區，到過那裡的人比較多，委託我做設計的「機關青年救國團」，作風也很開明，那是一次相當成功的合作。後來又替「救國團」設計洛韶山莊、天祥山莊。台北的中心診所也是我設計的，委託的機關和使用的人都很滿意。在台中，我替聚會所設計了一座教堂，那是一個很小的教堂。聚會所表示他們不要那種約定俗成的形象，他們要一個不像教堂的教堂；加上建築用地的地形很狹長，當時對我來說有一種挑戰的意味。做成以後，他們覺得那塊空間很適合他們崇拜之用，他們很喜歡，我自己也很滿意。

問：聚會所要蓋一座教堂，又要求在設計的時候讓它不像一般的教堂，那麼在設計上就非突破傳統不可，就要對教堂有新的觀點，那麼也就是需要靈感是不是？

答：是的。

問：這座教堂雖然表面上不像教堂，但是它也一定不像一般世俗的建築。他們要擺脫已有的、固定的形象，您給他們一個新的形象。他們要求不要用教堂象徵什麼，您，一個藝術家，還是免不了要把這種象徵隱藏在您的設計裡面，您說是不是？

答：這棟房子的外表很平淡，但是，裡面的空間使一個信奉上帝的人有崇拜的感覺。我也讓這塊很小的空間容納最多的人，所以裡面沒有柱子。這座房子，除了聚會用的禮拜堂之外，還有學生宿舍、小型的會議室，我把這些房子連接成一體，把聚會用的空間藏在裡面，懸在空中。聚會所是一個宗教情感非常強烈的團體，他們能夠體會我的用意。

問：請問您，靈感來的時候有什麼感覺？

答：倒沒有什麼很特殊的感覺，也許因為我沒有產生偉大的靈感。有人說，他靈感來的時候會發燒；有人在得到靈感的時候，有一種難以自禁的狂喜，就像從前的那位物理學家，他在洗澡的時候發現了比重，他忘了穿衣服就跳出澡盆，衝出室外。這些感覺我都沒有，大概我所得到的靈感都不夠偉大。剛才我們談過，靈感的產生起於全神貫注的追求，目標愈嚴肅，工作愈艱巨，壓力愈沉重，一旦豁然貫通，所得到的愉快也一定愈大。

問：您的散文有自己獨特的風格，在這種風格形成期間，您受哪些人的影響最大？

答：這個問題很難回答，因為我不是學文學的，我在這方面的成長不是有計畫的。四年以前開始給《中國時報》寫專欄，是出於一種偶然的因素。說起來，我的興趣很廣泛，文學也是我興趣的一部分，但是並沒有足夠的機會去有計畫地接受別人作品的影響。

問：您是一位業餘的散文作家，據您的看法，業餘的作家比職業作家是不是更容易保持發揮他的靈感？

答：照我剛才對靈感的解釋，我想是這個樣子。業餘的散文作家，他的涉獵比較廣泛，能夠給靈感提供比較寬廣的基礎。除此以外，據我猜想，由靈感發生到作品完成，業餘作家中途所受到的干擾也比較少。

問：作家有時候沒有靈感，有時候又連續得到許多靈感來不及使用，您是否也有相同的經驗？

答：兩種經驗都有。

問：如果靈感來了，一時來不及使用，您怎麼儲存您的靈感？

答：如果我認為那個靈感很重要，我會立刻把它記錄下來；如果靈感是關於建築方面的，我會立刻把它畫下來；有時候，有些比較瑣碎的靈感忽然湧現，忽然隱沒，我也由它去了。我知道，我可能忘記了它，但是不會真正忘記，在某種情況下它會再來。

問：您在散文方面成就卓越，已經成為許多青年朋友羨慕的對象，您對於那些有志於文學寫作的青年有什麼忠告？

答：我的忠告是：不要只問怎樣寫文章，更要問為什麼寫文章。文學不是文字遊戲，文學家透過文學來表達他的意念，來向社會展示他的觀點。那麼，你的觀點是什麼？值不值得寫出來？這才是重要的問題。文字的表達能力，文學的表現方法，當然也很重要，不過那到底是技術問題。文學訓練不是一種技術性的訓練。

（王鼎鈞訪問・記錄）

詩人高上秦（高信疆）談靈感的滋味

問：您是一位詩人，一位有經驗的編輯人，十年以來，有無數的稿件從您手上經過，由您來選擇它，評鑑它，欣賞它，也淘汰它，請問以您的創作經驗和編輯經驗，靈感究竟是什麼？

答：關於靈感，我們要落實下來談。所謂靈感，我認為就是作者對人生現象的一種銳敏的感受和反哺。這是經過長時期的投入、省察、醞釀，而成為的一種豐富的內涵，一項秘密的財產，然後，由於外界的刺激，他的內心突然起了一陣震動，就像弓使琴弦震動一樣，他昇華了他的人生經驗，又用極恰當的形式組合了他的人生經驗，用最適當的媒介表達了他的人生經驗。

問：靈感是可以培養的嗎？

答：靈感不是天生的，不是神授的，它是對人生深度的投入，長期的觀察，以及廣闊的接納，它是用無限的愛心、同情心來包容浸潤它的世界，它是一種無止境的工作、蓄積、醞釀和等待。在這裡我要特別強調等待，我的意思是說在不斷的工作中要忍耐，在持續的挑戰裡要堅持。一個作家，他平時觀察、蓄積、醞釀的東西，當時未必有用，甚至三年、五年也沒有派上用處，可是，一切的準備都不會白費，只要他仍然堅持，仍然工作。總有一天，他蓄存的材料突然起了奇妙的變化，使他有豁然開朗、驀然回首的感覺，一切的蓄積都成了源頭活水，這最後的撞擊並不是靈感，而是誘發靈感的一種力量，所以，對於靈感，我強調準備、忍耐，甚至工作，不強調偶然。

問：依您的解釋，創作是需要靈感的嗎？

答：依照我對靈感所下的定義，創作確實需要靈感。但它必須在人生和創作的實踐裡才能展現。

問：您在編輯工作當中，處理稿件，是否以靈感做取捨的標準？

答：靈感是一個重要的條件，我想別的編輯人大概也是一樣，我是說，如果他們也承認我對靈感所下的定義。靈感可以使作品發前人所未發，有一種創造性；靈感使作品對讀者產生強大的吸引力，有可讀性；偉大的靈感甚至有一種穿透力，穿透時間、空間，使作品深透千尋人心、模塑萬丈紅塵，歷久而彌新，更可以使作品具有永恆性。有可讀性、創造性、永恆性的文章是每一個編輯人夢寐以求的。

問：究竟什麼樣的作品是有靈感的作品？我們怎樣識別它？能定出項目來嗎？

答：我想它必然是新鮮的、脫俗的、推陳出新的。它是一種綜合的能力，在不同的事物間，建立新的關聯和解釋，給人一種重新觀看宇宙人生的角度。還有它是有奇趣的、雋永有味的，它使我們得到在別的作品裡面難以得到的趣味，即使別的作品也是一篇有靈感的好作品。它更是有深度的，有透視力的。它穿透人生現象的浮面，洞見更深更多的東西。當然，從形式上看，在文字運用或者結構組織方面，它也是別出蹊徑、另開新運的。在這裡我想說明的是：靈感沒有規律，沒有公式，分析不完，有時也讓我們捉摸不定。它隨時可以造成一種新的情況，新的標準。

問：照您的解說，靈感和作家的修養有密切的關係，那麼天分呢？許多年輕朋友，人生經驗很少，文學訓練也並不充分，他們也常常能夠寫出很好的作品來，是不是？

答：是的，他們也常常有很好的靈感。我剛才說過，靈感是新鮮的，是反約定俗成的，是不肯人云亦云的，年輕朋友受別人的作品的影響比較少，文學上已形成的種種束縛，種種型範，加在他頭上來限制他的機會比較少，因此，他們在作品裡面往往表現出元氣淋漓的原創力。我不願意強調天分，我承認人的智慧是有差異的，但是強調天分往往足以對有意創作的人產生嚇阻的力量，所以我強調準備、努力、工作與沉思，對生命多面開展的觸覺，對人生的縝密的觀察和了解；實際上，文學的天分也要透過這些，才能夠磨練成器，才能夠激發出火花。地層下的煤也許是天生的，但是創作是把煤開採出來。我想文學天才不必是早開早謝的曇花，也不必是一閃即逝的彗星，他可以大器晚成，他可以在長期的努力中求新求變，留下好幾座高峰。法國的詩人藍波在二十歲以前就寫出很多作品，二十歲以後就停筆了，在文學界留下盛名，這樣的例子究竟不多，我們也不希望它很多。

問：平常我們提到靈感，總是認為靈感對抒情的作品，對純文藝的作品非常重要，請問知性的作品呢？理論、分析性的文章是不是也需要靈感？

答：我認為也需要靈感，當然這是根據我對靈感所下的定義。知性的文章固然需要學養功力，但是一樣需要個人見解；固然需要分析、解釋，卻仍舊必須創意的綜合。我們看看莊子、看看尼采的文章，字裡行間到處閃耀著靈感的光芒。湯恩比是史學家，他的《歷史研究》是史學巨著，他在這一部大書裡面，對歷史的演進、文化的興衰，做了一個統一的解釋，這個解釋是他在白朗寧的詩句「你可以向他們挑戰，可是教堂聖者默無反應」裡得到的靈感。

問：有人認為訓練分析的能力，訓練議論判斷的能力，可能阻塞靈感、扼殺靈感，您對這種看法有什麼意見？

答：培養分析判斷的能力，不可流為過分機械的訓練，機械的訓練、刻板的訓練對靈性是一種壓抑，時間久了會使人喪失浪漫的情趣，對外來事物的撞擊失去銳敏反應的能力。如果有人說，分析和判斷的訓練對靈感有害，大概是指這種情形。

問：您一再說靈感是可以培養的，這種意見對立志寫作的青年朋友非常有用，他們究竟應該怎樣培養靈感？您願意再做進一步的發揮嗎？

答：培養靈感，讀書是一個條件，不過讀書不要為前人的成就所局限，而要準備跨越突破。旅行也有幫助，那是為了廣泛地接觸人生，看到人生的多樣性；但是只要有很多的機會、很好的角度、很活潑的心胸來觀察人生，不一定非旅行不可，而真正投入的工作，對事物專一的熱誠，也是培養我們對特定事物的靈感的方式之一。自然，忍耐也是一個條件，剛才我已經說過了。此外我要說的是，學習寫作技巧固然要謙虛，捕捉靈感、表現靈感卻要有充分的自信，要有勇氣。對一個作家來說，靈感是他生命力的最高發揮，也是他對生命的追求與肯定。我剛才說過，靈感不是約定俗成，不是等因奉此，所以靈感來了，不要去管它是不是符合誰下的定義，是不是符合誰的文藝理論，不要覺得自己的想法荒唐、幼稚，靈感是一種創造，而創造自來需要勇氣。那些光輝燦爛的作品，都是要從信心出發，在信心中完成。

問：在您豐富的編輯閱歷中，有沒有發現近似重複的靈感？我的意思是說，不同的兩個人，在不同的兩個時空之中，完成了兩篇不同的作品，他們絕不會互相抄襲，但是他們的作品大同小異，您有沒有這種發現？

答：有的。但如果從高層次來要求，就少多了，這也有古今之分的。兩個偉大心靈烘托出同樣一分靈感，而且有相同的深度與質素，在傳播媒介不發達，人間溝通不迅捷，生活步調簡單、緩慢的時代，可能較多；生活在麥克魯漢所說的「世界村」裡的現代人，這種情況相對減少了，但卻不是沒有。

問：您怎樣解釋這種現象？是不是兩個人的靈感可能重複或者近似？

答：就我們的生活條件來說，靈感可能近似，但是不會完全重複。進一步而言，兩個人的靈感儘管近似，但是兩個人完成作品的手法也未必相同。

問：您的意思是說，如果兩篇作品的靈感難分軒輊，那就要從表現方法上區別優劣？

答：是的。除了表現方法之外，先完成先發表的作品應該優於後完成後發表的作品，因為前面的那個人，對我們文學總資產的質量增加了一點點，而後面那個人就失去了這個機會。

問：政府為了獎勵科學發明，對發明的專利權有登記保障的制度，先發明先登記，晚了一步的人就吃了虧。文學家、藝術家的成就，也需要同樣的制度來保護他們的權益嗎？

答：在這一方面，我們已經開始起步，電影片的片名可以登記，書名可以登記。只不過，我們的社會做得還不夠細微嚴密。但是已經有了開始，一本書如果登記了著作權，作者的權益就受到法律的保障，對於靈感的保障當然也包括在內。

問：怎樣來避免自己的靈感和別人的重複呢？

答：深入地看，在今天靈感的全然重複是一種稀有的現象，是一種例外，當然，一般通俗層次裡的事物或作品，靈感重複的可能性是較多的，這似乎不屬於我們討論的範圍。靈感的產生牽涉到許多複雜的因素，特別在一個快速變遷的社會，他在這一位作家身上出現之後，極難有機會在另一位作家身上重新拷貝一次。時代天天在改變，生命的過程天天在變化。作家的精神內蘊是如此精密複雜，而外界的撞擊又是如此的頻繁強大，每一個作家應該有永遠用不完的新題材，層出不窮的新意見。我想除非一個作家已經趕不上時代，跟時代脫節，或者失去了他的創造力，否則我們不用為這件事情替他擔心。

問：謝謝您回答了這麼多問題。最後，請您現身說法，從您自己的創作經驗中舉一個例子，來說明外界的刺激如何觸發了您的靈感？

答：在我的創作經驗裡面，常常一種聲音、一種色彩、一種氣味、一組畫面，甚至一個事件，都可能會喚起我生命中長期準備的一種感覺，或者長期儲存的一種經驗，新的和舊的忽然連接起來，融合為一。我在一九七二年寫的〈漁歌三疊〉，它的來源是我以前在海邊漁村附近游泳的經驗，我成長時所聽過的有關漁家的音樂，還有一組柯錫杰的攝影作品：〈漁夫〉，這些都留在我的記憶深處。有一天晚上，我從外面回家，跨進大門，就聽見音樂，我的太太正在放一張唱片，一首蒼涼的民歌：〈一隻鳥仔〉。它突然觸動了我，由鳥的漂泊無依喚起了柯錫杰那組照片的形象，再一回轉，那首曲子竟與捕魚的歌曲相互重疊，牽引出許許多多舊時的經驗與情感，剎那間使我的心裡有了一首詩的內容和它的形式，我坐下來就寫，一氣呵成，這是一種美妙的經驗，也是一種難以說明的經驗。

問：您已經說得相當清楚，我想我們都明白您的意思，謝謝！

（王鼎鈞訪問・記錄）

小說作家師範談靈感移植

問：您是一位小說家，對「靈感」有豐富的體認。您翻譯過一本《實用想像學》，那本書直接間接討論靈感、解釋靈感。請問：《實用想像學》是一本什麼樣的書？

答：《實用想像學》的作者是美國奧斯朋博士。他是作家、教育家、企業家。他認為，不論工商企業或文學藝術都需要新的創造，創新需要想像力。《實用想像學》就在分析、提示我們如何得到、如何增加這種能力。

問：這本書出版以來，工商界人士非常重視，文藝作家卻相當忽略，頗為可惜。在這裡，請您告訴我們，依照《實用想像學》的論點，作家怎樣才會得到靈感？

答：靈感來自大膽的想像，靈感是一種尚未被人發現的構想，隱藏在被人業已使用的眾多構想之後，用想像力衝破老生常談，衝破約定俗成，衝破慣例公式，就可以找到它。

問：這本書一定舉了不少的例子吧？

答：是的。書中提到，當一般電影都在表演男老闆墜入女速記員的情網時，一位編導讓男的成為速記員，女的是老闆，對男速記員一見傾心，拚命追求，由「他」坐在「她」的膝蓋上速記。這是一部鬧劇的靈感。

問：愛好文藝的青年朋友，很想知道大作家捕捉靈感的經驗。書裡面有沒有這方面的材料？

答：有。這本書提到，大文豪雨果也會畫畫兒。有一次，他在準備作畫的時候，一不小心，滴下墨水，弄髒畫紙。他並沒有習慣性地把紙丟掉，他把墨漬點染成一個大蜘蛛，伏在網中，另外有一個精靈正從網絲上爬過去。那幅畫非常迷人。這本書告訴我們，許多作曲家找尋靈感的辦法是坐在鋼琴面前隨手觸碰琴鍵，用那些似乎是毫無意義的音調，突然啟發他作曲的意願。有些作家，坐在打字機前面，放任想像，想到什麼就打什麼，他也許滿紙都是荒謬的、雜亂的東西，但是，由於思維已掙脫束縛，源源流出，他會「忽然」有意想不到的收穫。《實用想像學》提到史蒂文生寫《金銀島》的故事。據說，有一天，史蒂文生陪孩子玩耍，他畫了一幅地圖，一個海島，有鋸齒形的海岸，逗孩子高興，他在地圖下面寫了三個字：「金銀島」，馬上，這本名著的人物和故事情節出現了。

問：有些大作家在寫作之前養成了奇怪的習慣，例如聞一聞爛蘋果之類。這跟靈感有什麼關係？

答：這本書列舉了許多作家在寫作之前的固定習慣。Don Herold要泡在澡盆裡，英國喜劇作家康格里夫主張多聽音樂，詩人雪萊用口吹動漂浮在水盆中的小紙船。……這些習慣，可以使準備寫作的人摒除俗念，放鬆自己，以幫助想像力的馳騁。

問：除了「聞爛蘋果」之類極端個人的例子以外，有什麼人人可行的方式來招引靈感？

答：有。《實用想像學》提到好幾項。第一是旅行。美國作家奧尼爾、海明威，是最顯著的例子。旅行使我們頭腦開闊，觀念具體化，新環境和新朋友的接觸也能刺激想像力。第二是散步。梭羅是最顯著的例子。第三是讀書，參考觀摩別人的靈感。不過，讀書的目的不是跟別人學樣，而是設計如何跟別人已有的靈感不同。

問：在這本書裡，你認為哪一段話最值得作家注意？

答：如果只選「一段話」，我認為該書作者奧斯朋勸工商企業界人士用練習寫作來訓練創造力，最有意思。他說：「寫作可以訓練想像力，科學實驗把寫作能力認定為創造才能的基本要素。英國小說家本奈德確認寫作對任何智力之增進都不可或缺。」奧斯朋站在教育和工商界的觀點對寫作的評價，值得每一位文藝作家深切體味。

問：奧斯朋認為，文藝作家和工商企業經營人有相同的地方？

答：奧斯朋認為，工商企業也是一種藝術。

問：那麼，工商企業方面的創造力，也就是想像的能力，獲得靈感的能力，也可以用於文藝創作？

答：可以這麼說。《實用想像學》原是工商企業訓練員工的教材，提到靈感部分，對文藝作家十分適用。例如，設計工業產品，有一種「倒置的技巧」。通常，針眼是在針的屁股上。一個叫霍華的人利用「倒置的技巧」，把線穿在針頭上，發明了縫紉機。奇異燈泡工廠的康茂萊曾提出一個問題：「為什麼燈泡一直向下？為什麼不使它向上？」他發明了一種新型的餐桌用燈，燈光照到天花板上再反射下來，十分柔和，其幅度恰可照明一張桌面。這種倒置的技巧，無疑地可以用在寫作上。例如，小說情節通常由事件的開端寫到事件的結束，「是否可以先從結束寫起？」這種思考，可以給作品一個新的風貌。唐詩「中天明月好誰看」恐怕也是倒置的技巧吧，正常的順序該是「誰看中天好明月」。

問：這一段話好極了！您能再多說一些嗎？

答：在奧斯朋的這本書裡，「增加」也是設計工業產品的一種方法。他鼓勵工業人士常常思索：「要增加什麼？是不是應該加強？是不是應該加大？」一塊玻璃只是一塊玻璃，兩塊玻璃中間夾一層塑膠，就是不碎玻璃了。我們可以鼓勵文藝作家有同樣的想法。施耐庵把宋江三十六人的故事拿來，大加擴充，增添人物事件，成為《水滸傳》。吳承恩把唐三藏取經的故事拿來，增添人物事件，寫成《西遊記》。秦檜用十二道金牌召岳飛班師。有一部電影從「十二道金牌」中得到靈感，用「增添法」大做文章，大意說當時各地豪傑阻撓秦檜的奸計，中途截攔金牌，使班師的命令無法到達前線，秦檜派出的特使，個個失敗喪生，直到第十二個人才完成使命。這是歷史上沒有的事，是電影編導「增加」的，是這一部片子的特色、匠心所在。

問：這本書還提到別的方法沒有？——產生靈感的方法？

答：有。

問：能不能都介紹出來？

答：不能。要是那樣，我勢必也得寫一本書了。

問：您是一位小說家，又是公營企業的主管人員，對奧斯朋的理論是最恰當的見證人、詮釋者。您能不能寫一本書，把奧斯朋的理論進一步應用在文藝上？如果您寫一本書，把奧斯朋提出的訓練創造力的步驟方法拿來安排作家成長的階梯，設計作家「修煉」的功課，豈不甚妙？

答：這是很好的「靈感」。可是，我實在抽不出時間來，有心無力。這個「靈感」，還是留著你自己完成吧！

問：靈感跟年齡有關係嗎？「年紀老大，靈感枯竭」的說法是否可靠？

答：奧斯朋認為不可靠。他指出，歌德、郎費多、伏爾泰，都在老年寫出偉大的作品。美國物理學家霍姆士五十歲開始寫作，一舉成名，七十歲達到文學事業的顛峰。彌爾頓寫《失樂園》是六十二歲。馬克．吐溫寫《夏娃日記》與《三萬金元的遺產》是七十一歲。蕭伯納獲得諾貝爾獎金是七十歲。

問：靈感跟性別有關嗎？女人是否優於男人？

答：奧斯朋說，女人的想像力高出男人。他提到兩個實驗，一個證明女子的創造才能比男子高出百分之二十五，另一實驗顯示女子高出百分之四十。不過，女人發展其創造力的機會，一般而言比男人要少得多，因此，成就不很顯著。

問：靈感跟教育程度的關係如何？

答：奧斯朋說，在創造的潛能方面，大學生與非大學生沒有什麼分別。他說「教育不是一個重要的因素」。他指出，發明電報的摩爾，發明汽船的富爾登，發明軋棉花機的惠特奈，在學歷方面無足稱道。他在引述例證的時候沒有提到文藝作家。依我們自己的見聞和了解，作家的情況也是一樣，創造力和學歷並沒有比例上關係。

問：謝謝您答覆了這麼多問題，您把《實用想像學》的內容精華介紹出來，給追求靈感的青年朋友幫助很大。最後，請問您對愛好寫作的青年朋友有什麼忠告？

答：我的忠告就是「馬上寫」。

（王鼎鈞訪問・記錄）

當代名家・王鼎鈞作品集1

靈感

2018年1月初版　定價：新臺幣320元
2020年10月初版第二刷

著者　王鼎鈞
校對　吳美滿
　　　施亞蒨
封面設計　兒日

副總編輯　陳逸華
總編輯　涂豐恩
總經理　陳芝宇
社長　羅國俊
發行人　林載爵

出版者　聯經出版事業股份有限公司
地址　新北市汐止區大同路一段369號1樓
叢書主編電話　(02)86925588轉5305
台北聯經書房　台北市新生南路三段94號
電話　(02)23620308
台中分公司　台中市北區崇德路一段198號
暨門市電話　(04)22312023
台中電子信箱　e-mail：linking2@ms42.hinet.net
郵政劃撥帳戶第0100559-3號
郵撥電話　(02)23620308
印刷者　文聯彩色製版有限公司
總經銷　聯合發行股份有限公司
發行所　新北市新店區寶橋路235巷6弄6號2樓
電話　(02)29178022

行政院新聞局出版事業登記證局版臺業字第0130號

本書如有缺頁，破損，倒裝請寄回台北聯經書房更換。　ISBN　978-957-08-5056-7 (平裝)
聯經網址：www.linkingbooks.com.tw
電子信箱：linking@udngroup.com

國家圖書館出版品預行編目資料

靈感/王鼎鈞著．初版．新北市．聯經．2018年1月
（民107年）．288面．14.8×21公分（當代名家・王鼎鈞作品集1）
ISBN　978-957-08-5056-7（平裝）
[2020年10月初版第二刷]

855　106022975